全國高等院校古籍整理研究工作委員會規劃重點項目
二〇一一——二〇二〇年國家古籍整理出版規劃項目
國家古籍整理出版專項經費資助項目

俞樾全集

汪少華 王華寶 主編

鳳凰出版社

（清）俞樾 著

劉珈珈 整理

楹聯錄存

圖書在版編目（CIP）數據

楹聯録存 / (清) 俞樾著 ; 劉珈珈整理. -- 南京 : 鳳凰出版社, 2021.8（2023.7重印）
（俞樾全集 / 汪少華, 王華寶主編）
ISBN 978-7-5506-3478-7

Ⅰ. ①楹… Ⅱ. ①俞… ②劉… Ⅲ. ①對聯－作品集－中國－清代 Ⅳ. ①I269.6

中國版本圖書館CIP數據核字(2021)第140869號

書　　名	楹聯録存
著　　者	(清)俞　樾 著　劉珈珈 整理
責任編輯	陳曉清
裝幀設計	姜　嵩
責任監製	程明嬌
出版發行	鳳凰出版社(原江蘇古籍出版社) 發行部電話025-83223462
出版社地址	江蘇省南京市中央路165號,郵編:210009
照　　排	南京凱建文化發展有限公司
印　　刷	蘇州市越洋印刷有限公司 江蘇省蘇州市吴中區南官渡路20號,郵編:215104
開　　本	880毫米×1230毫米　1/32
印　　張	12.375
字　　數	216千字
版　　次	2021年8月第1版
印　　次	2023年7月第3次印刷
標準書號	ISBN 978-7-5506-3478-7
定　　價	98.00圓

(本書凡印裝錯誤可向承印廠調換,電話:0512-68180788)

《俞樾全集》編委會

目録

楹聯録存三……………………………一三四

前言

俞樾（一八二一—一九〇七），字蔭甫，號曲園居士，浙江德清人。清末著名經學家、文字學家、教育家、文學家、書法家。道光三十年（一八五〇）進士，曾任翰林院編修、河南學政。罷官後潛心學問與教學，先後主講蘇州紫陽書院、杭州詁經精舍達三十餘年，聲名遠播海内及日本、朝鮮。著有《春在堂全書》近五百卷，内容博大精深，涵蓋經學、諸子學、史學、訓詁學以及戲曲、小説、詩詞、書法、民俗文化等諸多領域。《楹聯録存》是其中一個重要部分。

楹聯，也稱楹帖、對聯。楹，廳堂的前柱。顧名思義，楹聯就是題寫、張貼或懸掛在楹柱上的對聯。最早的楹聯是五代西蜀後主孟昶發明的。據《宋史·世家二·西蜀孟氏》：「每歲除，命學士爲詞，題桃符，置寢門左右。末年，學士辛寅遜撰詞，昶以其非工，自命筆題云：『新年納餘慶，嘉節號長春。』」這一年是後蜀廣政二十七年（九六四），遂成爲我國楹聯的發軔之年。桃符是我國民間掛在大門兩邊用來避邪驅鬼之物，有悠久的歷史傳統，屬於一種民俗文化。對聯從對偶句發展而來，對偶句是古典詩文中的一種修辭手法，經過漢魏六朝的駢體文和隋唐五代的格律詩詞，已經發展得很成熟很完備了。所以説，楹聯在五代之際誕生，實屬水到渠成之事。可以説，楹聯是我國傳統民俗文化與書面典雅文化相碰撞的結晶品。此後，經過宋元明清不斷發展演變，特别是衆多書法名家和詩文名家不斷加入和推動，楹聯的藝術觀賞性和實用性不斷提升，成爲大衆喜聞樂見並在日常生活多種儀式場景中不可或缺的實用藝術品，最終發展成爲雅俗共賞、門類衆多、應用廣泛、具有持久生命力的民族文化瑰寶。二〇〇六年，楹聯被列入第一批國家級非物質文化遺産名録（序號五一〇）。

有清一代是我國楹聯發展的鼎盛時期，清代楹聯學開山祖梁章鉅（一七七五—一八四九）在《楹聯叢話·自序》中有過描述：「我朝聖學相嬗，念典日新，凡殿廷廟宇之間，各有御聯懸掛。恭值翠華臨莅，輒荷宸題；寵錫臣工，屢承吉語。天章稠疊，不啻雲爛星𣊓。海内翕然向風，亦莫不緝頌剬詩，和聲鳴盛。楹聯之製，殆無有美富於此時者。」這篇自序寫於道光二十年（一八四〇）。這一年，俞樾二十歲，對於梁章鉅描述當時楹聯在社會上盛極一時的繁榮景象，俞樾應該是從小就耳聞目睹的。俞樾後來成爲一代楹聯大家巨擘，這種社會風尚的熏陶作用是不可忽視的，而且俞樾也成爲這種風尚的推動者。道光三十年（一八五〇），俞樾得座師曾國藩賞識高中進士。據劉麟生《中國駢文史》第十一章《駢文之支流餘裔——聯語》，「聯語之提倡，要以曾國藩爲第一人。曾文正公以古文名家，論者謂其能中興桐城派，乃治事餘間，提倡聯語，不遺餘力。……其自撰諸聯，大率於雄渾勁健之中，自具深婉遒麗之美，往往猶具古文筆法之妙用」，「當時群彦，與曾文正公有同嗜，而所作較多者，宜推薛時雨、何紹基、彭玉麟與俞樾。俞曲園作品，輯有《楹聯録存》，已達六百餘首，閑雅有散文化」〔一〕。

俞樾是一個多產高産的楹聯大師，他一生創作楹聯數量之多，「冠絶」一時。這一方面得益於他創作的勤奮，另一方面也是由於他在社會上的巨大聲望，慕名而來的求聯者甚多。甚至有這樣一個極端的例子：江蘇有一個名叫程省卿的孝廉，與俞樾並不相識，但臨終前對其弟説：「吾死後得曲園先生一聯，刻入《楹聯録存》中，死無憾矣。」（《楹聯録存》卷四「程省卿」條）足見時人對俞樾楹聯的推崇。

《楹聯録存》收録正文五卷，附録一卷。正文五卷共收録楹聯六百零三副，其中輓聯三百五十六副，壽聯一百三十七副，景物聯九十一副，其他賀贈聯十九副。附録一卷收録的是集字

〔一〕東方出版社一九九六年版，第一二七——一二九頁。

聯,總共集聯六百八十九副,其中《集秦篆·繹山碑》九十九副,《集漢隸一·校官碑》一百副,《集漢隸二·曹全碑》九十七副,《集漢碑三·魯峻碑》一百副,《集漢隸四·樊敏碑》一百零八副,《集唐隸·紀太山銘》八十一副,《集唐隸·集經石峪金剛經字》一百零四副。全書總共收聯一千二百九十二副。此外,俞樾《曲園雜纂》中有《春秋人地名對》一卷,收入人名對六十四副(例如「韓不信」對「陳無須」),地名對五十七副(例如「翳桑」對「檇李」);《春在堂隨筆》中亦有若干楹聯。

楹聯一般用於公開懸掛,供人欣賞,字體宜大,故字數不能太多,大多在數十字之内,突破百字的少。字數少不等於容易寫,恰恰相反,要在很有限的字數裏蘊藏豐富的思想内涵和藝術創造,最能考驗作者的語言文字底蘊和文學創作功力。聯史上有一段趣話:二十世紀三十年代清華大學新生入學考試,陳寅恪先生考學生對對子,上聯是「孫行者」三字,結果很多考生茫然不知所措,只有國學基礎扎實的周祖謨一人對的下聯「胡适之」獲陳先生激賞,而周祖謨後來成爲著名的語言學家。由此可見,要創作一副好的楹聯並非易事。楹聯是漢語言文字的特有藝術,有自己的藝術標準。一副好的楹聯,除了書法美,還要語言美。楹聯語言美有多方面的要求:一要對仗工整,構思精巧,句式結構、詞性詞義、平仄韻脚等講究特有的對稱美;

二要内容貼切，用典貼切，要切題、切人、切事、切時、切地、切景，切忌把專用聯寫成通用聯；三要語言形象，敘事狀物生動傳神有創意，不呆板乾癟，不落窠臼；四要有思想内涵，而且要含蓄有意境，要給讀者留有想象的空間和品味的餘地。我們不妨從這些方面來欣賞《楹聯録存》的思想藝術成就。

《楹聯録存》没有按題材分類編排，而是大致以創作時間先後爲序編排。俞樾從二十來歲的青年時期開始撰寫楹聯，一直堅持到八十多歲的暮年，創作時間跨度達六十多年。也就是説，《楹聯録存》從一個側面記録和反映了作者半個多世紀的心路歷程和創作歷程。所以，它既是研究和欣賞俞樾文學藝術成就的一部重要作品集，又是研究俞樾生平思想發展軌跡的一條重要輔助綫。

《楹聯録存》收録的第一副楹聯是《新安孫蓮叔觀旭樓聯》：

高吸紅霞，最好五更看日出；
薄游黄海，曾來一夕聽風聲。

此聯是道光二十四年（一八四四）俞樾二十四歲初次宿於新安汪村所題〔一〕，多年後俞樾還借故友之口激賞，可見他自己對此聯十分滿意。此聯對仗工整精巧，用語清新脱俗，晨看日出，夜聽風聲，何等愜意！讀至此，難免不對孫蓮叔的觀旭樓心神往之（如今很多旅遊景區不是都把看日出作爲一個大賣點來招攬遊客麽）。

第二副聯是《孫蓮叔紅葉讀書樓聯》：

仙到應迷，有簾幙幾重，闌干幾曲；
客來不速，看落葉滿屋，奇書滿牀。

此聯應是咸豐元年（一八五一）俞樾三十歲從京師回鄉再度館於新安汪村所題。上聯描寫讀書樓的結構和布置宛若仙境，下聯「落葉滿屋，奇書滿牀」，不但切題，更折射出賓主共同

〔一〕 俞樾於一八四四、一八四五、一八五一年前後三次到新安汪村，後兩次是坐館（當私塾先生）。本文凡涉及作者生平事跡及作品年代的，除作者自有説明的外，均參考徐澂《俞曲園先生年譜》（上海書店出版社影印《民國叢書》第三編），不另加注。

的閑情雅趣。這兩副楹聯都具有年輕人特有的自信、樂觀、輕快、開放的氣息，虽然内涵略顯單薄，但整體上看還是頗具功力和才氣。

從某種意義上講，撰寫楹聯也是一種文學創作，要創作出優秀的作品，除了要有熟練駕馭語言文字的基本功，豐富的社會閲歷所造就的開闊視野和胸襟、深厚的思想積淀和高尚的人文悲憫情懷等，都是很重要的因素。俞樾楹聯的創作，也是隨着歲月的增長，閲歷的豐富，作品形象逐漸豐滿、深沉、醇厚，逐漸形成自己的風格特色。試比較兩副相同題材但不同時期的楹聯：

新安汪村關廟聯

威名滿華夏，真義士，真忠臣，若論千載神交，合與睢陽同俎豆；戎服讀春秋，亦英雄，亦儒雅，試認九霄正氣，常隨奎壁焕光芒。

河南汝州關廟聯

廟貌徧塵寰，此間地接許昌，請看魏國山河徒留荒草；輶車遵汝水，使者家居苕霅，願與故鄉父老同拜靈旗。

二者都是關廟聯，前者全篇仰望關公，崇拜之情溢於言表，後者衹看塵寰山河與故鄉父老，對關公未著一詞；前者意氣風發，豪氣衝天，後者透出的卻是悲涼傷感和沉重的壓抑。二者風格迥異，究其原因，作者創作時間點不同，閱歷、空間、心境都有較大變化。道光三十年（一八五〇），俞樾（三十歲）得座師曾國藩賞識，高中進士，次年衣錦還鄉，再館於新安汪村，與莫逆之交孫蓮叔等賓朋及門弟子相聚甚歡。新科進士衆星捧月，在這種背景和氛圍中題汪村關廟聯，自然是豪情滿滿，折射出作者對即將踏上仕途建功立業充滿自信和期待。但是，幾乎與此同時，時局驟變。一八五一年一月，太平天國起義爆發，迅速席捲江南；同年河南爆發捻軍起義，也成蔓延之勢；一八五三年（咸豐三年）太平天國定都南京並出兵北伐，經安徽、河南等地打到天津附近，清廷焦頭爛額。這幾年正是俞樾在朝廷爲官歷練之時，對時局之憂擾必有體會。咸豐五年（一八五五）八月，俞樾放河南學政，十月離京赴任，次年二月按試覃懷（今河南沁陽一帶），途經汝州，應鄉親請託爲當地關廟題聯。覃懷是三年前清軍與北伐的太平軍在河南反復纏鬥六十天的主戰場，許昌一帶也是戰場之一。此時北伐的太平軍雖已失敗，但經過慘烈戰亂的河南早已滿目瘡痍，「請看魏國山河徒留荒草」，就是俞樾一路走來所見所聞的真實寫照（河南許昌、沁陽一帶曾是古代的「魏國山河」）；「願與故鄉父老同拜靈旗」，應是作者人文悲憫情懷的自然流露。兩副關廟聯撰寫時間相隔六年，格調已大不相同，後者顯然思想更深沉，意境更深遠。

人文悲憫情懷是與儒家仁政思想一脈相承的。作者自幼飽讀儒家典籍，一生信守孔孟之道。咸豐七年（一八五七）秋，俞樾在河南學政任上突遭彈劾被罷官。這是他人生道路上的重大挫折，也是重大轉折。但其人生抱負、家國情懷和政治信念並未改變。同治九年（一八七〇），與俞樾同齡同年的友人應敏齋升江蘇按察使，俞樾應其囑撰《江蘇臬署聯》：

聽訟吾猶人，縱到此平反，已苦下情遲上達；
舉頭天不遠，願大家猛省，莫將私意入公門。

讀律即讀書，願凡事從天理講求，勿以聰明矜獨見；
在官如在客，念平日所私心嚮往，肎將温飽負初衷？

按察使是主管一省司法、治安和刑獄的最高長官，俗稱臬台。所以俞樾第一句就是「聽訟吾猶人」，直奔主題。這句話典出《論語·顔淵》：「聽訟，吾猶人。必也，使無訟乎！」孔子的意思是，要説斷案子，我也是人（不是神）。如果一定要這樣做的話，（我主張通過教育感化）實現一個無訟的社會。「無訟」是儒家的政治理想，但幾千年的歷史已經證明這衹不過是一種不切實際的空想。俞樾對此當然心知肚明，所以他衹借用孔子的前半句話，以此告誡官員：既然聖人斷案都做不到料事如神，在官的各位一定要如作客般小心謹慎，爲官要不負初衷，不能夾帶私心，王法之上還有天理；斷案既要講律條，更要講天理良心，不要自作聰明固執己見，要多體恤下情，避免冤案苦民。明確表達了自己的爲政理念，既要秉公執法，又要多關注下情。這裏的下情，就是作者心目中的父老鄉親。

《楹聯録存》正文五卷裏輓聯和壽聯最多，這也是由當時社會風尚所致。達官貴人或大户人家，不管是辦壽慶還是辦喪事都要講究排場。如果能得到當地名人送的壽聯或輓聯，那是很有面子的事。而俞樾在當時享有很高的社會名望，譽滿大江南北，求聯者自然衆多。更重要的是，俞老先生在當時算是很長壽的，他的師友親朋至交往往都活不過他，這給了他很多寫輓聯的機會。例如，他與晚清四大中興名臣中的曾國藩、李鴻章、彭玉麟都有很深的交情，但三人都先他去世，所以俞樾既爲他們送過壽聯：《曾滌生侯相六十壽聯》《李少荃爵相五十壽聯》《李少荃相國六十壽聯》《李少荃傅相七十壽聯》《彭雪琴尚書七十壽聯》；也爲他們送過輓聯：《曾文正公輓聯》《李文忠公輓聯》《彭雪琴尚書輓聯》《彭剛直公祠聯》《彭剛直公衡州專祠聯》等。因爲有幾十年的交情，所以俞樾在撰寫的時候是動了真情的。用現在的話來説，「不是要我寫，而是我要寫」。這樣寫出來的楹聯，有充沛的真情實感，最能體現俞樾楹聯特色和成就。《彭剛直公祠聯》就是其中很有代表性的一副〔一〕。

彭剛直公即彭玉麟，一生戰功卓著，既有早年跟隨曾國藩，率領湘軍水師屢次大破太平軍，也有晚年臨危受命、親赴兩廣前綫領導抗法戰爭、大敗法國侵略者，功過是非盡由後人評説。但他一生「不要官不要錢不要命」，忠廉剛直、嫉惡如仇的品格被時人一致稱頌，後人心懷景仰。同治八年（一八六九）春，彭玉麟到杭州養病，借住詁經精舍，與俞樾一見如故，遂成莫逆之交。光緒三年（一八七七），彭玉麟將孫女許配俞樾之孫，兩家結爲兒女親家。光緒十六年（一八九〇），彭玉麟在衡州去世。俞樾聞訃，哭之以詩，凡一百六十韻；及葬，爲撰神道碑。

〔一〕 彭剛直公祠是朝廷表彰功臣烈士的專祠，專爲祭祀彭玉麟一人而設，與民間宗族祠堂不同。俞樾爲之所撰祠聯，就其内容構成而言，可視同輓聯。

及朝廷爲彭在杭州西湖立專祠，俞樾突破楹聯體例，滿懷悲情撰此長聯輓之：

偉哉！斯真河嶽英靈乎？以諸生請纓投筆，佐曾文正創建師船，青旛一片直下長江，向賊巢奪轉小姑山去。東防歙婺西障湓潯，日日爭命于鋒鏑叢中。百戰功高，仍是秀才本色，外授疆臣辭，内授廷臣又辭，強林泉猿鶴作霄漢夔龍。尚書劍履，迴翔上接星辰；少保旌旗，飛舞遠臨海澨。虎門開絶壁，巖崖突兀，力扼重洋。千載後過大角磤臺尋求故蹟，見者猶肅然動容，謂規模宏壯布置謹嚴，中國誠知有人在。

悲夫！今已旂常俎豆矣。憶疇昔傾蓋班荆，借阮太傅留遺講舍，明鏡三潭勸營別墅，從珂里移將退省庵來。南訪雲棲北游花隝，歲歲追陪到煙霞深處。兩翁契合，遂聯兒輩因緣，吾家童孫幼，君家女孫亦幼，對穠華桃李感暮景桑榆。粵嶠初還，舉足已憐蹩躠；吴閶七至，發言益覺唅呣。鴛水遇歸橈，俄頃流連，便成永訣。數月前於右台仙館傳報噩音，聞之爲潸焉出涕，念酒坐尚温琴歌頓杳，老夫何忍拜公祠！

上聯追憶彭玉麟的戎馬生涯。作者不是平鋪直敘羅列，而是選取最有代表性的事件，用精彩傳神而又簡潔的文學語言，狀摹出一幅幅波瀾壯闊的戰爭畫卷，讀之如臨其境，如聞其聲，如見其人。結句「中國誠知有人在」，收畫龍點睛之功：一個抗擊外國侵略者的愛國英雄形象躍然筆端。下聯作者追憶自己與彭玉麟晚年相遇相知，情投意合，成爲至交和兒女親家。件件往事歷歷在目，俄頃流連便成永訣。上聯是奔騰的金戈鐵馬，下聯是傾訴的俠骨柔情。全聯三百一十四字，作者傾注滿腔心血和才華，一氣呵成，讀來令人回腸蕩氣，久久難忘。正如劉麟生《中國駢文史》所評價：「長聯至此，氣勢仍灝瀚流轉，無精疲力竭之病，亦可謂絶詣矣。」〔一〕

有趣的是，俞樾不僅常給別人製作輓聯，還給自己早早製作好了一副輓聯。作爲一代鴻儒巨匠，俞樾不僅博學多聞，經史子集融匯貫通，而且性情曠達，生死看透，不拘泥舊俗。在這一點上，他似乎與一千五百多年前的東晉大詩人陶淵明心靈相通。陶淵明是「不爲五斗米折腰」主動罷官，回到老家做隱士，開荒種豆，飲酒賦詩，並且在生前早早就爲自己寫下了著名的《自祭文》和《自輓詩》，頗有驚世駭俗的味道。俞樾則是「犯了錯誤」被動罷官，回到老家做了大隱，但又不甘心，還在思考做了大隱怎樣報效國家，「人間大隱在朝市，身後文章報國家」。但他也效仿陶淵

〔一〕東方出版社一九九六年版，第一三〇頁。

明，在臨終前作了《臨終四喜》七律四首，《留別詩》十首，其中竟然還有一首題爲《別俞樾》。自己跟自己訣別，有點匪夷所思，但的確超凡脱俗，頗有陶翁遺風。光緒五年（一八七九）俞妻去世，俞樾在杭州右台山下買地營葬，同時在旁自營生壙（生前預造的墓穴）。次年俞樾在墓地旁買地構屋一所，取名「右台仙館」，館内設兩牌位，左曰曲園先生，右曰曲園夫人，自題輓聯：

生無補乎時，死無關乎數，辛辛苦苦著二百五十餘卷書，流播四方，是亦足矣；
仰不愧於天，俯不怍於人，浩浩落落數半生三十多年事，放懷一笑，吾其歸歟！〔一〕

〔一〕「浩浩」形容胸懷坦蕩，「落落」亦形容胸懷坦蕩。例如俞樾《内子因余校士甚勞，勸勿作詩。余雖感其意，而不能盡從其戒，戲書數語貽之》：「勸君并詩亦勿作，胸中浩浩又落落。」而蘇州春在堂抱柱上後人書此聯，「落落」訛作「蕩蕩」；施奠東主編《西湖志》卷十一《人物》（上海古籍出版社一九九五年版，第六一一頁）記載右台仙館此聯「落落」亦訛作「蕩蕩」。新浪「一起回想的博客」《「浩浩蕩蕩」還是「浩浩落落」？》發佈俞樾光緒十三年（一八八七）自撰輓聯原件照片：「生無補虖時，死無損虖數，辛辛苦苦著成三百餘卷書，傳播四方，是亦足矣；仰不愧於天，俯不怍於人，浩浩落落數六十年來事，放褱壹笑，吾其歸乎！」據此原件（俞潤民、陳煦捐贈俞曲園紀念館），力主右台仙館重建用此自輓聯改「蕩蕩」爲「落落」（http://blog.sina.com.cn/s/blog_4781d4b70100ppmt.html）。可知俞樾六十七歲所書自輓聯亦有適時的改動。

此時俞樾年届六十，全聯六十字，與歲數暗合，想是作者有意爲之。聯中説「半生三十多年事」，應從他三十年前進士及第算起。

過了二十年，年逾八十的俞樾對這副自輓聯作了些改動，收進《楹聯録存》卷四：

生無補乎時，死無損乎數，辛辛苦苦著成五百卷書，流播四方，是亦足矣；
仰不愧於天，俯不怍於人，浩浩落落歷數八十年事，放懷一笑，吾其歸乎！

後一聯比前一聯增加了著書卷數和年齡數，減了四個字，但基本内容和精神没有變。這副自輓聯在右台仙館和春在堂兩處住地掛了幾十年，它對俞樾的重要性不言而喻。毫無疑問，這是俞樾對自己一生成就的高度概括。但這僅僅是表面上的意義，深層次的意義，可以從「生無補乎時，死無損乎數」與「仰不愧於天，俯不怍於人」兩組意義矛盾甚至互相否定的句子中窺見作者的言外之意。

《紅樓夢》開篇的《頑石偈》寫道：「無才可去補蒼天，枉入紅塵若許年。」而俞樾的「生無補乎時」不是無才，恰恰相反，是有才不能去補天（素有慧眼識人之譽的座師曾國藩當年對他的評語是「他日成就未可量也」），正當他在仕途上要展翅高飛時，有人惡狠狠地射來一箭，永久結束了他的仕途生涯。封建士大夫的人生抱負是修身齊家治國平天下，晚清末年本是亂世出英雄的時代，俞樾眼看着師友同僚乃至門生弟子，或封疆開府，或出將入相，一個個封妻蔭子，青史留名。而被座師十分看好的他，卻被朝廷永久剥奪了這種「參賽」資格，衹能發出「獨余無狀，累吾師知人之明」（《春在堂隨筆》卷一）的悲嘆。「生無補乎時」，貌似自我調侃式的語言下，掩蓋着俞樾心中永遠的滴血傷痛。「立功」無望，無奈之下轉而「立言」，「儒者承家先孝弟，學人報國在文章」，俞樾於是開始了辛辛苦苦著書立説的漫漫征途。「仰不愧於天，俯不怍於人」，表層的意思是俞樾對自己一生辛辛苦苦著書立説所取得成就的肯定，但把它與「生無補乎時」的原因對照起來看，分明可以聽見俞樾心底的呼喊：我一生行得正，立得直，我問心無愧，我没有圖謀不軌，我是被冤枉的；即使遭到近乎毁滅性的打擊，我還是幾十年如一日努力著書立説，以文章報國，教書育人，爲國家培養人才。我没有苟活一世，我可以放懷一笑，回歸天地間了。

由於俞樾被永久罷官是欽定的案子，且有清一代以文網縝密嚴酷著稱，所以表面上不能説什麽出格的話，衹好採用皮裹陽秋的方式一吐爲快。由此而言，把俞樾自撰輓聯看作是一篇潛臺詞式的自辯狀也未嘗不可。事實證明，俞樾内心的堅守是對的，「從來大白何能辱？果是真金定有剛」，又過了三年，光緒二十九年（一九〇三），俞樾八十三歲，距他中舉滿一個甲子循環，浙江大吏爲他重宴鹿鳴請旨，得復編修原官，並有「早入翰林，殫心著述，啓迪後進，人望允孚」之諭。至此，清廷不但變相地爲俞樾平了反，還表彰了他一生的成就。薑是老的辣，這副自輓聯高度濃縮了作者一生頗爲傳奇的經歷，以及内心深處的百感交集，充分體現了俞樾楹聯含蓄、深沉、意境深遠的風格。

俞樾的楹聯風格多姿多彩，不拘一格，視題詠對象不同而變化，有清新活潑，有凝重醇厚，有慷慨激越，有感傷悲涼，不一而足。光緒二十四年（一八九八）俞樾七十八歲，其孫俞陛雲以殿試第三名進士及第，老人倍感欣慰，喜撰一聯：

念老夫畢世辛勤，藏書數萬卷，讀書數千卷，著書數百卷；

看吾孫更番僥倖，童試第一名，鄉試第二名，殿試第三名。

或許有人會覺得這樣寫是不是過於炫耀和俗氣了。其實，换位思考一下，老人是有這個資格和資本作此炫耀的。俞樾一生勤於著書和教育，兩個方面都取得巨大成就，聲望遠播海内外，被尊爲經學大師；門生弟子難計其數，爲國家和社會培養了很多人才，著名的有中國近代民主革命家、經學大師章太炎，有中國近代圖書館學鼻祖繆荃孫，有中國近現代書畫藝術一代宗師吴昌碩，等等。作爲一生育人無數的教育家，在人生暮年終於看到自己一手教育培養長大的孫子俞陛雲又取得驕人的成績（探花及第），怎能不喜不自禁呢？即便是欣喜若狂也是人之常情啊（且看如今各地所謂的高考狀元不是都被大肆宣揚和獎勵）！事實證明，俞樾的教育思想和方法在當時是很成功的，他親手調教的孫子俞陛雲、曾孫俞平伯後來都成爲知名詩人和學者。即從該楹聯本身而言，不僅對仗極其工巧，而且在内容上，上下聯以祖孫事跡相對，一老一少，相映成趣，足成佳聯。

《楹聯録存》附録中的集字聯，也是俞樾花費不少心血完成的。所謂集字聯，指的是挑選前人優秀書法作品如字帖、碑帖等中合適的字，重新進行排列組合，使之成爲一副對聯。這是書法藝術與對聯藝術相融合的創作方式，其意義在於，一方面拓展了原帖字體的表現空間和應用空間，一方面在原帖的基礎上增添了新的文學色彩和思想内涵。從某種意義上講，集字聯的創作難度或許要大於自撰聯：一是作者不僅要具備撰寫對聯的基本功，還要具備較高的書法藝術審美能力；二是自撰聯有廣泛的選字範圍，而集字聯衹能在特定的字帖或碑帖中挑選，要在極其有限的字數裏集成自己滿意的一副乃至數十成百副對聯絶非易事。也正因爲難度大，更得到古代文人雅士的喜愛：接受挑戰，展示實力，獲得成就感。到晚清，集字聯在文人雅士中蔚成風尚。這在梁章鉅《楹聯叢話》中多有輯録，其中就記載了晚清書法大師何紹基「每集帖字作楹聯至百十副」之軼事。

俞樾也是晚清的大書法家，他以八十五歲高齡應蘇州巡撫陳筱石之請，爲重修的寒山寺書寫了《楓橋夜泊》詩碑，這塊詩碑遂成鎮寺之寶。加之他又是學養高深的文學家、古文字學家，所以在創作集字聯上有得天獨厚的優勢。他分别集秦篆《繹山碑》，漢隸《校官碑》《曹全碑》《魯峻碑》《樊敏碑》，唐隸《紀太山銘》《集經石峪金剛經字》等碑文字，製成楹聯六百八十九副，數量之多，世所罕見，可見他對集字聯這門藝術興趣之大，用功之深。就拿《繹山碑》來説，相傳是秦始皇及秦二世先後巡視到齊魯境内的繹山時頒佈的兩篇皇帝詔令，均由丞相李斯用小篆寫成，命人刻石紀念，碑文總共二百二十三字。就憑這一般人難識難懂的二百二十三個篆字，況且不是其中每一個字都合用，但俞樾硬就組合創作了九十九副楹聯。其餘幾篇碑帖也一樣，每帖他都集聯上百副。況且這些集字聯並不是簡單重新排列組合的文字遊戲，而是俞樾爲了表達自己的思想感情而煞費苦心的再創作。

作爲一代儒學大師，俞樾學問淵博，才華横溢，見識不凡。他創作的這些集字聯，有思想，有意境，有哲理，有美感，有很多精品佳作，都能給讀者以感悟和啓迪，也可作爲格言、警句或座右銘來用。其中有表達志趣情操的：「不役世俗之樂；惟謀我心所安」「盡日相親維有石；長年可樂莫如書」「樂善不言因果事；養生有取老莊書」「凡眼何能别蘭種？仙心方得受荷香」「人能讀書即爲有福；我欲去謗莫如無言」；有表達家國情懷、治國治家理念的：「公旦垂聲周有雅；屈平高蹈楚無風」「有無不爭家之樂；上下相親國乃康」「後日思今，今復思昔，不如盡除此念；天下在國，國乃在家，其維自定於初」「帝曰干城士稱師表；民樂父母吏敬神明」「無遺行於鄉里；有令德在子孫」；有推崇仁政愛民思想的：「親仁寳善資民利；講武脩文佐聖謨」「世有令德在君子；心乎愛民惟仁人」「人之進退在繇理；官無崇卑惟愛民」「風雨和平因聖世；民人歡樂是清官」；還有許多景致聯，堪稱「詩中有畫」，十分生動傳神，如「泉遭急雨因潛出；風遇餘雲復勒歸」「門外有人時載月；園中無事自彈琴」「春華不若秋華好；今月常同古月明」。

《楹聯録存》題材廣泛，形式多樣，内容豐富，佳聯紛呈，無論是從研究的角度還是從欣賞的角度，都值得一讀。有此興趣愛好的讀者盡可深入其中去尋寶採玉，必不致空手而返。

本次整理，以鳳凰出版社影印光緒末年增訂重刊《春在堂全書》本爲底本，兩處空缺字據臺灣文海出版社「近代中國史料叢刊」第四十二輯《春在堂楹聯録存》補；異體字、古字不改；因避諱而改字或缺筆的「寧」「玄」等回改，不出校。

重印承劉永翔先生賜教，謹致謝忱。

楹聯録存一

新安孫蓮叔觀旭樓聯

蓮叔有小樓，可觀日出，署曰「觀旭」。余甲辰歲曾宿其中，適大風竟夕，遂題此聯。故人馬譓香孝廉極賞之，故至今猶未忘也。

高吸紅霞，最好五更看日出；
薄游黄海，曾來一夕聽風聲。

孫蓮叔紅葉讀書樓聯

此蓮叔讀書處也。樓凡三折，故其家人呼之曰「曲尺樓」。客至輒留宿其上。

仙到應迷，有簾幙幾重，闌干幾曲；
客來不速，看落葉滿屋，奇書滿牀。

新安汪村關廟聯

廟在汪村水口，并祀張睢陽，上有文昌閣。

威名滿華夏，真義士，真忠臣，若論千載神交，合與睢陽同俎豆；
戎服讀春秋，亦英雄，亦儒雅，試認九霄正氣，常隨奎壁焕光芒。

河南汝州關廟聯

吾鄉人之商于汝者，以此廟爲公所。丙辰年余行部至此，鄉人乞題。

廟貎徧塵寰，此間地接許昌，請看魏國山河徒留荒草；
軺車遵汝水，使者家居苕霅，願與故鄉父老同拜靈旗。

蘇州積功堂聯

乃掩骼埋胔之公所也，司事者乞題。

積累譬爲山，得寸則寸，得尺則尺；
功修無倖獲，種豆是豆，種瓜是瓜。

舅氏平泉姚公輓聯

公于諸甥中極賞余，有天才之歎，以第四女女焉。又嘗著《疇經》，衍九疇爲八十一疇，命余成其書。至今不果，無以見公地下矣。

宅相託空談，想盛德如公，後起自應能繼美；
館甥承謬愛，媿疇經付我，至今猶未有成書。

蘇州漱碧山莊聯

潘玉泉觀察索題，不知其爲誰氏之莊也。

邱壑在胸中，看疊石疏泉，有天然畫意；
園林甲吴下，願攜琴載酒，作人外清游。

潘玉泉觀察五十壽聯

觀察乃相國文恭公之第四子。此聯丁禹生中丞極賞之，然觀察謙不敢當，縣未久即撤去。

以名父子，生宰相家，有德業事功，文章氣節；
當中興年，祝無量壽，是英雄儒雅，富貴神仙。

許信臣撫部七十壽聯

撫部善談名理，能以《周易》及《大學》《中庸》説釋典。余戊辰年主其家旬日，撫部每夕出談，娓娓可聽也。

前詞苑，後封疆，頻年養望湖山，緑野優遊共推老福；
内儒書，外釋典，每夕縱談名理，青鐙滋味還似兒時。

吴母朱太夫人七十壽聯

太夫人乃平齋觀察之繼母。其孫廣庵刺史亦成進士，宦吴中矣。夫人以五月八日生。余與平齋交，因進此聯爲壽。

有子宦三吴，喜從前治譜流傳，已見桐孫能濟美；
後佛生一月，願自此慈容矍鑠，長將蒲酒祝延齡。

馮室徐恭人輓聯

恭人乃馮少渠明府之室，有賢德，且善詞章，工書法。其子聽濤茂才曾從余游，頗有聲，乃母教也。

爲名門大婦，爲劇縣小君，而疏食，而布衣，盡洗庸庸脂粉氣；
以官箴勗夫，以家學課子，是令妻，是賢母，長留落落孝慈聲。

李太夫人七十壽聯

太夫人生六子，長君筱泉中丞，方撫吾浙；次公少荃相國，以大學士肅毅伯督兩湖，家門之盛甲海内。己巳二月三日爲太夫人七十生日，余與相國爲甲辰鄉榜同年，而又承中丞知愛，延主講席，故爲二聯，一致中丞，一致相國也。

起居八坐，亦多壽，亦多男，先百花生日，祝慈蔭長春，鳳舞鸞歌，徧浙水東西，洞庭南北；
文昌六星，有上相，有上將，以萬石家風，佐熙朝景運，玉昆金友，比荀龍減二，賈虎增三。

花下版輿來，自皖而兩浙，而三吴，而瀟湘洞庭，數千里瞻拜慈雲，鳳鳥舞，鸞鳥歌，頌無量壽佛；

牀頭朝笏滿，有子爲宰相，爲節度，爲觀察轉運，五百年特鍾間氣，玉策賢，金策聖，作中興名宦。

又

代許信臣前輩作。

入鼎鼐，出封疆，看膝前將相成行，武達文通，佐一代中興大業；

月初三，春未半，祝堂上佛仙齊壽，玉牙金齒，開八旬曼衍遐齡。

張仲甫先生八十壽聯

先生爲前庚午孝廉，至己巳歲行年八十，明年重賦鹿鳴矣。精神淵著，且通内典，所著書甚多，而《春秋屬詞辨例》六十卷尤爲鉅製，亂後燬其版，擬重刻之，然非容易也。

萬卷擁書城，精神滿腹，著作等身，積卅年雪案螢窗，尤於麟經有得；
兩回游泮水，淨土潛修，名場倦踏，看明載蒼顔鶴髮，重歌鹿鳴而來。

吴母朱太夫人輓聯

太夫人爲平齋觀察之母，廣庵刺史之祖母，生於五月八日，卒於六月九日。

有造福三吴之子，又有造福三吴之孫，先後謳歌盈茂苑；
遲浴佛一月而生，再遲浴佛一月而卒，去來蹤迹在靈山。

李薇生太守六十壽聯

太守於九月四日生，其先德曾任安徽廉訪，有陰德也。

借黄花九秋，祝黄堂千秋，菊部好翻新樂府；
承高門駟馬，居高官五馬，柏臺行紹舊家聲。

江蘇臬署聯

同年應敏齋任江蘇廉訪，以署中楹聯無佳者，屬爲更易。輒擬數聯詒之，亦未知其果用否也。聊識於此。

聽訟吾猶人，縱到此平反，已苦下情遲上達；
舉頭天不遠，願大家猛省，莫將私意入公門。

右大門聯。上聯乃舊句，對聯余所易也。

讀律即讀書，願凡事從天理講求，勿以聰明矜獨見；
在官如在客，念平日所私心嚮往，肎將温飽負初衷？

右大堂聯。

且住爲佳，何必園林窮勝事；
集思廣益，豈惟風月助清談。

小坐集衣冠，花徑常迎三益友；
清言見滋味，芸窗勝讀十年書。

右便坐聯。

許仁山閣學輓聯

閣學爲余甲辰同年，在翰林則爲前輩矣。嗣子奉其喪自京師歸，余以此聯輓之。

傷心丁卯橋邊，蔓翣歸來從此過；
屈指甲辰榜上，文章遭際似君稀。

朱績臣處士五十壽聯

處士乃采孫孝廉之父，有五子，正月十一日其生日也。

有丹桂五株，其大椿不老；
先元宵四日，祝明月長圓。

張太夫人八十壽聯

太夫人乃友山方伯之母。方伯官刑曹二十年，出守秦中，遷四川廉訪使，由廣東、安徽方伯移姑蘇，而太夫人行年八十矣。方伯與家兄同年，因獻此聯爲壽。

京國奉慈輿，而秦而蜀而皖粤諸邦，又向三吴開壽寓；
元宵張夜宴，有子有孫有曾玄繼起，行看五代共華堂。

又

慈雲從京國而來，爲秦蜀皖粤諸大邦萬家生佛；
愛日至蘇臺更永，與中丞廉訪兩賢母三壽作朋。時丁雨生中丞、應敏齋廉訪均有壽母。

韓母王太夫人五十壽聯

夫人爲韓君耀輝之繼室。韓君以都司殉難，有五子，長殿甲，記名提督；次殿爵，記名總兵；次晉昌，候補副將；次殿榮，縣令；次慶雲，直隸州牧。同治九年，夫人年五十，二月二日其生日也。杜小舫觀察與其長君善，屬撰此聯爲壽。

膝前種五樹桂，天上拜五花封，正仲春鳦降鶊鳴，共祝五旬壽母；
報國提一旅師，傳家羅一牀笏，看諸子文通武達，同披一品仙衣。

曾滌生侯相六十壽聯

大勇在安民，運際中興出名世；
小春欣遇閏，天教兩度祝延齡。

丁母黄太夫人輓聯

太夫人爲丁雨生中丞之母。同治九年七月，中丞奉命赴天津，時太夫人已卧病，中丞欲少留一二日，不許。已而病甚，中丞猶在津，祕不使知。烏乎！可謂賢矣。

讀晉史慨温嶠之絶裾，若膝下牽衣，堂前勸駕，旦夕間促辦行裝，此事須知足千古；

在聖門有曾母之齧指，乃身膺疢疾，書報平安，巾幗中深明大義，至今傳誦滿三吴。

又

代友人作。

多壽復多男，有令子，有賢孫，有文孫之孫，五代一堂同蹁踊；
教忠即教孝，是嚴師，是慈母，是衆母之母，三吴百粤共謳思。

應室凌夫人輓聯

夫人爲應敏齋同年繼室，殁于江蘇臬使署。

夜月冷皋橋，尚有餘芬留德耀；
秋風鼓莊缶，不堪清淚灑安仁。

張友山漕帥五十壽聯

時友山新從蘇藩遷漕督，十二月十日其生日也。太夫人在堂，年八十矣。潘季玉觀察屬余譔此聯。

籌添大衍，臘遇嘉平，奉八秩慈親，鶴髮堂前同笑語；
任重漕艫，恩承使節，合三吴父老，驪歌聲裏頌臺萊。

史忠正公祠聯

其裔孫花樓大令屬題。

明月梅花，拜祁連高冢；
疾風勁草，識版蕩忠臣。

王蔭齋觀察輓聯

觀察名曾樾，故字蔭齋，與余名字皆相合。前年在滬瀆，曾與同坐威林密輪船至金陵。觀察之殁也，擬書此聯輓之。數字推敲未定，竟不果書，補録於此。

舊夢怕重提，海上同舟，兩夜聯牀還似昨；
微名慙偶合，吴中懷刺，一時驚坐更無人。

張母孟太夫人八十有四壽聯

太夫人爲子青中丞之母，同治十年年八十四，正月十八日其生日也。中丞以丁未第一人歷任封圻，時新從漕督調蘇撫，太夫人猶在淮上也。余與中丞同年，因獻此聯。

溯八龢來四番春信，青衣鼓瑟，祝高堂百年，看膝前虎武龍文，從狀頭至宰相；
算元宵後三夜月明，金錢買鐙，慶中興十載，聽竟内鸞歌鳳舞，自淮北到江南。

應母朱太夫人七十有八壽聯

太夫人爲敏齋廉訪同年之母，二月十七其生日也。敏齋尚未得子，時有抱子之望，太夫人望之綦切矣。

距花朝五日，開萱壽八旬，吴下剛翻新菊部；
酌春酒三杯，披仙衣一品，懷中行抱小蘭孫。

唐母沈太淑人輓聯

太淑人乃鷦安明府之繼母，卒年五十八。

有令子宦三吴，官舍清閑，正向北堂樹萱草；
距周甲尚兩載，仙山歸去，遽從西母看桃花。

沈菁士太守輓聯

癸丑夏，余在京師，乞假南旋，眷屬先發，余寄居君寓數日。及君罷官歸，主講詁經精舍，未久辭去。余遂承其乏，于今三年矣。聞君歸道山，感念今昔，寄此聯輓之。

京國整歸裝，幾日從君商出處；
湖樓開講席，三年讓我養疏頑。

王子勤觀察七十壽聯

觀察以五月十日生，有子十一人。許信臣前輩其門下士也，屬撰此聯。

舞綵滿華堂，看膝前簪笏成行，以八龍兼三鳳；
稱觴進蒲酒，願林下康强逢吉，從夏五祝秋千。

湯敏齋太常輓聯

太常爲協揆文端公次子，咸豐庚申歲疏陳時事，與當軸者不合，遂引退。今年卒于吴中寓廬。其長子名紀尚，聞頗能繼其家學也。

頓失老成人，憶咸豐季年，闕下封章持正論；
重披世系表，溯文端遺澤，牀頭祖笏付佳兒。

恩竹樵方伯五十有四壽聯

方伯喜吟詩，與余唱和無虚日。六月十一日其生日，書此爲壽。

白香山五十四官蘇州，早見詩篇滿吴郡；
范純仁六月中賜生日，行看制草出坡公。

楊母丁淑人輓聯

淑人能詩，工書，曾刲臂肉和藥療君姑之病。所適楊君秉，字子宣，宦游浙江，辛酉之春死寇難。夫忠婦孝，是可傳矣。

有令德有清才，不媿聲稱是賢母；
一忠臣一孝婦，最難伉儷並傳人。

管洵美明經輓聯

明經乃陳碩甫先生之高足弟子，其没之夕有星隕之異。碩甫先生名奂，精《毛詩》學，居吴下之南園，學者稱南園陳先生也。

東壁賁文光，一星炯然果應此老；
南園訪喬木，三吴學者又失斯人。

周母沈太夫人輓聯

太夫人爲縵雲侍御前輩之母，年八十六而終。

躋八秩更六齡，富貴貧賤患難，處之夷然，屢承芝誥褒揚，有是兒，有是母；
以一身兼五福，康寧令德考終，數者備矣，請看麻衣羅拜，又多子，又多孫。

惲次山撫部輓聯

撫部以庶常改吏部，官至湖南巡撫，罷歸。乃家兄壬甫太守癸卯同年也。年來同寓吴下，時相過從，所居有櫟樹。余去年爲書「櫟存草堂」額，不意其遽作古人也。

大雅宏達，是名翰林；清通簡要，是真吏部；嚴明仁恕，是封疆重臣，遺愛長留荆楚地；
論芸香俸，爲前後輩；編花萼集，爲同年生；訂縞紵交，爲吴中老友，傷心怕過櫟存堂。

沈仲復觀察五十壽聯

觀察生于九月四日，時方從常鎮道調蘇松太道，尚未逮新任也。

爲第一泉小駐行旌，英蕩將臨黄歇浦；
先重九日特開公宴，茱萸預佐紫霞觴。

又

觀察實生于九月十日，前聯小誤，復譔是聯。

以玉堂客作金山主人，旌節將移，且爲第一泉小住；
歌鶴南飛和大江東去，茱萸未老，好補重九日清游。

潘少梅明經輓聯

少梅乃余兄子黼堂之婦翁也。工舉子業，屢困場屋，晚年筦宗文義塾事。余在西湖講舍，頻與往返。今年四月六日，余將還吴下，尚話别於塾中。不意别未數月，遂作古人也。少梅有子曰鴻，字儀父，乃詁經精舍之高才生，去歲已舉於鄉矣。

論年齒宜兄事，論昏媾是親家，憶浴佛前兩日話别依依，何意重來失良友；
以道義式鄉閭，以舉業訓後進，與及門二三子談文娓娓，所欣繼起有佳兒。

財神廟聯

潘玉泉觀察屬譔，久無以報命。偶於舟中集四書語作二聯與之，亦不知其果用否也。

無以爲寶，惟善以爲寶，則財恒足矣；
義然後取，人不厭其取，又從而招之。

生財有大道，則拳拳服膺，仁是也，義是也，富哉言乎至足矣；
君子無所爭，故源源而來，孰與之，天與之，神之格思如此夫。

又

西湖孤山有財神廟，廟中聯語無一佳者。余擬書此聯縣之，未果也。

梅鶴洗酸寒，且教逋老揚眉、葛仙生色；
鶯花添富麗，恰稱金牛湖上、寶石山邊。

李少荃爵相五十壽聯

余與相公爲甲辰同年，聞其於同治十一年正月五日慶五十壽，寄此聯祝之。公時爲直隸總督。

以歲之正，以月之令，春酒一尊爲相公壽；
治内用文，治外用武，長城萬里殿天子邦。

汪蓮府駕部六十壽聯

駕部乃先君門下士，余三十六年來老友也。以孝廉官郎署，未久即移疾歸新安故里，以齒德爲一鄉望，今歲行年六十矣。十一月二十日其生日也，余方在西湖詁經精舍，寄此壽之。

北闕賦歸田，巋然作東魯靈光，際一陽始生，逢六旬初度；
西湖勞望遠，安得跨南飛瑞鶴，來桃花潭上，拜柏葉仙人。

柳母俞孺人輓聯

孺人乃柳質卿孝廉之母。議者以孝廉有前母，宜稱繼母。孝廉以書問余，余按《儀禮·喪服篇》「繼母如母」，疏曰：「繼母本非骨肉，故次親母後。」然則以親母而謂之繼母，義不可通矣。孝廉從余言，遂稱先妣。余因書此聯輓之。

生稱母，死稱妣，必也正名，一字記曾參末議；
鍾氏禮，郝氏法，幸哉有子，九泉會見賁恩綸。

羅壯節、王貞介兩公祠聯

壯節名遵殿，乙未進士，浙江巡撫；貞介名友端，丁未進士，署浙江布政使，同死庚申之難者也。浙江省城新建兩公祠，高滋園都轉屬題此聯。

由名進士起家，爲名臣，一開府一開藩，浙東西崇德報功，人與白蘇共千古；
是大丈夫出身，臨大節，以死戰以死守，城内外矢竆援絶，天教巡遠作雙忠。

曾文正公輓聯

余受知文正最深。庚戌進士覆試，公充閲卷官，以余詩有「花落春仍在」句，期許甚大。余以「春在」名堂，識感亦識媿也。山積木壞，吾將安仰？於輓聯仍及此意，追惟昔歎，曷勝泫然。

是名宰相，是真將軍，當代郭汾陽，到此頓驚梁木壞；
爲天下悲，爲後學惜，傷心宋公序，從今誰誦落花詩？

吴仲雲制府輓聯

制府爲嘉慶甲戌翰林，至余庚戌入詞林，爲一十九科前輩矣。官至雲貴總督，引疾歸，門户蕭然，與寒士不異。晚年主講敷文書院，與余所主詁經精舍止隔一西湖也。

樹滇黔數萬里外威名，歸卧林泉，一品門庭若寒素；
溯翰苑十九科前老輩，叨陪杖履，半年壇坫共湖山。

吴曉帆方伯輓聯

曉帆曾攝蘇藩，有宦蹟。歸里後，於里中善舉皆力爲之。余今春至福寧省親，曉帆使人至江干爲余問船價，甚拳拳。不意自閩中還，遽哭其死也。

送我八閩游，何意歸來失良友；
惟公一鄉望，深爲吾黨惜斯人。

吴母徐太夫人七十壽聯

太夫人爲吴子儁庶常之母，布衣疏食，貴而能貧。庶常先以軍功積官至觀察，辛未會試入詞林，鄉人榮之。時余與同寓吴中，以此聯爲壽。

芝誥日邊來，積半生克儉克勤，天以佳兒報賢母；
版輿吴下駐，願此後多福多壽，人從盛夏祝長春。

恩竹樵中丞五十有五壽聯

竹樵吾詩友也，六月十一日爲其生日。余去年曾壽以一聯，今又贈此，時奉命攝蘇撫矣。

歌詠滿三吴，喜玉節金符，新自屏藩晉開府；
唱酬同一集，願冰桃雪藕，長從六月祝千秋。

翁母許太夫人輓聯

太夫人爲常熟翁文端相國原配，藥房中丞同書、玉甫中丞同爵、叔平閣學同龢皆其子也。夫爲宰相，子孫皆狀元，極笄珈之至榮。其殁也，詔書褒美，賜祭一壇，蓋曠典也。文端爲先朝議君同年，樾以年家子敬獻此聯，固未足揄揚萬一耳。

夫爲宰相，狀元子狀元孫，看門庭武達文通，世代勳賢，會見韋平承舊業；
帝褒賢母，御賜祭御賜葬，極恩禮隆天重地，年家子姓，敬從鍾郝緬遺徽。

高辛才觀察八十壽聯

觀察名應元，乃嘉慶癸酉拔貢，仕至四川永寧道，引疾歸。因故里富陽無家，寓居杭州。時又自杭移蘇，將至揚州，因其孫從長蘆改官兩淮，入京師引見，將歸也。八月下旬遇其生日，以此聯爲壽。

泛宅到三吴，喜捧檄而歸，日下蘭孫新得意；

縣弧逢八月，想稱觴一笑，月中桂子共長生。

又

代許信臣前輩。

吴下故人來，是六十年前總角舊交，皓首龐眉登八十；

弧南壽星見，正中秋節後縵亭高會，瓊樓玉宇慶千秋。

許母姚太夫人七十有八壽聯

太夫人爲許小舫太守之母，九月二日其生日也。

躋七十又八齡，萱壽行看登百歲；

先重九只六日，菊花剛好祝千秋。

汪瘦梅水部輓聯

余未通籍前，館新安汪氏最久，水部即彼時從學者也。舉孝廉，官水部，未成進士，鬱鬱成疾，卒於京師。其弟芙青磋尹入都，奉其靈輭，挈其妻女以歸，途中又亡其長女，今僅存一女，是亦可哀也已。余去新安二十二載，然故交零落殆盡，今又哭君，不自知其言之悲也。

置身郎署十六年，名心未死，病骨遽銷，孀妻弱弟，扶旅櫬而歸，到此膝前止存孤女；

回首新安廿二載，館舍荒涼，知交零落，感舊傷今，向秋風一慟，痛吾門下又失斯人。

劉聽襄庶常輓聯

庶常乃丁未前輩也。余主講詁經，常相見。今年四月間猶來湖上長談半日，及九月中再至西湖，則已作古人矣。

溯廿年前詞館清聲，林下相逢尊老輩；

憶四月中湖樓閒話，秋來重到失良朋。

蒔紅小築聯

蘇州山塘斟酌橋新修東陽張忠敏公祠，旁屋數楹，應敏齋廉訪署曰「蒔紅小築」，頗有泉石竹籬荷沼，楚楚可觀。癸酉秋，余將有武林之行，倚裝題此。

小築三楹，看淺碧垣牆，淡紅池沼；
相逢一笑，有袖中詩本，襟上酒痕。

陳母湯太淑人輓聯

淑人爲陳仲泉觀察之母，嘗偕贈公南至廣西，西至甘肅，備嘗辛苦。贈公卒，哭之失明，今年冬歿於直隸。仲泉觀察需次吴中，聞信奔赴。余與觀察同年，故輓以此聯。

淚眼十年枯，憶從前辛苦隨夫，紙閣蘆簾，遠歷關山到秦隴；
悲風千里動，憐吾友倉皇聞訃，麻衣桐杖，獨衝風雪到幽燕。

倪母張太夫人輓聯

太夫人爲載軒觀察之母。其卒也，有姑在堂。

封膺一品，壽屆七旬，戚黨流傳，共羨膝前有賢子；
黍谷陽回，萱闈春去，歲除將近，最難堂上慰慈姑。

吴室孫夫人輓聯

夫人爲吴彤雲觀察之配，幼失怙恃，育於兄嫂。既歸吴，撫八歲小姑，以迄于嫁，亦如其兄嫂。中年挈子女避兵，辛苦備嘗，遂得拘攣之疾，困頓牀席者幾十年。將卒，尤命其子善事庶母，亦云賢矣。

惡耗到江南，溯自早歲零丁，中年離亂，暮齒又疾疢纏緜，何怪神傷荀奉倩；

褒揚來日下，想其勤儉相夫，孝友勖子，恩義逮偏〔一〕妻女妹，允推閨範宋宣文。

汪觀瀾封翁與劉夫人輓聯

封翁與夫人結褵六十載，於壬申年重行合巹之禮，至是年十二月夫人卒，明年元旦封翁卒，相距九日，亦人瑞也。

倡隨到六十年，白髮蒼顔，已届耄期重合巹；

考終完九五福，年頭臘尾，未踰旬日兩游仙。

沈韻初中翰輓聯

中翰嗜書畫，癖金石，問字於余十餘年矣，頻以金石疑義相質，洵門下一佳士也。卧痾一載，竟以不起。其母夫人尤在堂，是可傷已。

〔一〕偏，原作「徧」，據蔡啓盛《校勘記》改。

一載卧沈疴，李賀牀頭呼阿嬭；
十年問奇字，楊雲門下失侯芭。

賈耘樵觀察輓聯

觀察以縣令起家，曾攝蘇臬。

陳臬蘇臺，長使吴兒歌賈父；
題詩水閣，更無耘老和坡翁。

丁濂甫學使同年輓聯

學使視學吾浙，今春招同杜蓮衢侍郎小飲於其署齋，皆庚戌同年也。出所著《蜀游草》一卷，屬余商定，又畫横幅及團扇見贈。乃未數月而遽歸道山矣，可傷也。

小集三同年，杯酒清談，猶憶同商蜀游草；
傷心一分手，畫圖留贈，不能再寫浙中山。

潘母汪太宜人輓聯

宜人爲潘蘭儀司馬之母，卒於同治十二年閏六月之朔，年七十四。生七子，今存其二，有孫八人。守節四十餘年，其長女守貞不字，先母卒。同治八年，母女同請旌。倪載軒觀察寓蘇，爲其西鄰，屬代撰斯聯。

青燈四十載，獨抱冰心，歎膝下佳兒止存雙鳳，閨中貞女先跨孤鸞，老景逼桑榆，半死枯楊遭閏厄；

丹詔九重天，特褒苦節，算萱花慈壽已過七旬，桐樹孫枝剛符八士，高風留綽楔，平分清籟到鄰春。

魁時若將軍七十壽聯

將軍生於閏六月，至癸酉歲行年七十，又逢閏六月。時官成都將軍，許信臣前輩屬撰斯聯寄之。

周亞夫真將軍，溯從前崧生嶽降，正碧梧益葉之年，而今八秩初開，清簟疏簾，又駐羲鞭逢閏六；

郭汾陽大富貴，看諸子武達文通，如琪樹凌霄而起，從此一門鼎盛，木公金母，好書蜀錦祝秋千。

朱久香前輩輓聯

先生安徽學政，報滿即謝病歸餘姚故里。曾以《花陰補讀圖》屬題，今年又屬書四明樓額，未及書而先生歸道山矣。公子鎮甫孝廉，當先生七十生日乞言爲壽，曾以《三老碑》爲贈，乃餘姚客星山中新出漢碑也。

謝蕩節而歸田，故山泉石，前輩風流，没世無慙三老碣；

坐花陰以補讀，碩德雖亡，遺書猶在，拈毫敢署四明樓。

何子貞前輩輓聯

先生在史館，曾建議修三品以下列傳，卒不果行。晚年居吴中，於維揚書局刊大字本《十三經注疏》，手自讎校，甫畢《毛詩》，從事三禮，未卒業而歸道山。先生書名滿天下，爲當代魯靈光。余辱先生知愛，書此聯輓之，舉其大者，其餘瑣瑣可無述也。

史館建嘉謨，惜創議未行，三品下庶僚至今無列傳；

講堂刊定本，奈校讎方半，九經中大義從此付何人？

金小韻太守六十有九壽聯

太守由鹹尹累擢至知府，歷佐戎幕，有聲。三子五孫，濟濟稱盛。其曾祖母在時，曾有五代一堂之慶，庶幾其再見乎？

六秩又九齡，溯起家禹筴，歷佐戎旃，此後勳名殊未艾；

一堂曾五代，看伉儷齊眉，兒孫繞膝，從前佳話定重來。

徐誠庵大令輓聯

誠庵爲余三十八年前同補博士弟子員老友。宦游吴下，不得志而没。然所譔《詞律拾遺》實足爲萬紅友功臣，余嘗爲序而行之，半世苦心，庶其不負乎？

補四百餘闋新聲，傳世應偕萬紅友；
溯三十八年舊夢，與君同是一青衿。

德清烏山土地廟聯

余舊居德清烏巾山之陽，距所居里許有土穀祠。父老相傳曰堯皇土地，不知何義。然長興有堯市山，《一統志》云：「堯時洪水，民避難於此成市。」則吾邑有堯時迹亦無怪也。歲在癸酉，廟重脩落成，爲題此聯。

耕而食，鑿而飲，相傳中古遺風尚留邨社；
春有祈，秋有報，願與故鄉父老同拜神旗。

台州東湖湖心亭聯

台州之有東湖，猶杭州之有西湖也。出東郭門不過半里，湖光山色與西湖無異。隔以長隄，分裹外湖。其外湖有湖心亭，傑閣三層，登臨最勝，爲題此聯。

好水好山，出東郭不半里而至；
宜晴宜雨，比西湖第一樓何如？

江蘇藩署聯

同年應敏齋廉訪攝蘇藩，屬擬署中楹聯，未知果用否。

燕息敢忘天下事；
和平先養一家春。

右内室。

小集賓僚同骨肉；

縱談政事即文章。

右客坐。

趙母蔣太恭人八十壽聯

恭人爲趙雨田大令之母，生三子，皆成立，其前室所生子已有曾孫，在恭人爲五世同堂矣。四月二十七日，其生日也。

萱花不老，芝草有根，已見一堂羅五代；

九〔一〕秩初開，百齡將届，好從首夏祝長春。

杜筱舫觀察六十壽聯

觀察初學申韓家言，從鹽官起家，歷署藩臬。著有《古謡諺》及《平定粤寇紀畧》《江南

〔一〕 九，原作「八」，據俞樾《趙母蔣太恭人八十壽序》改。

北大營紀事本末》及《萬紅友〈詞律〉校勘記》。始生時，其大父夢一老僧擔簦入室，蓋有夙根云。

從名法入手，由鹽官起家，而陳臬而開藩，意思蕭閑，共識東坡是五戒轉世；
紀近代戰功，輯古來謡諺，又工詞又能書，精神淵著，請歌南山之六章壽公。

海寧觀音殿聯

同治二年，海寧猶陷賊中，於北門内後街民間屋壁得八面觀音銅像一尊，不知何年所鑄也，因供奉天后行宫。而是年官軍即收復海寧，浙西以次肅清，蓋慈容見而劫運消，非偶然也。寺僧仁壽屬題，爲書此聯。

八面現金容，看一出人間便消劫運；
十方瞻寶相，願大家心上各發慈悲。

理安寺静室聯

理安寺燬於賊，新築静室三楹。余每遊九溪十八澗，必至此小坐，因書一聯。

竹筧潛通十八澗；
蒲團小坐兩三時。

峩眉山館聯

吾浙布政司署前有山，俗呼管米山，以宋糧料院得名，實則爲峩眉山。同治甲子歲，諸同人於其地建崇義祠，祀庚辛死難諸公。祠之右積石嵯峩，乃山之峯也。面峯築屋三間，顔曰「峩眉山館」，並移大洞經閣宋思陵御書《道德經》石幢於其前。丁君松生屬題楹帖，率書十四字。至山名峩眉，不知何取，或如《太平寰宇記》所載，南浦縣峩眉磧以形得名乎？

古墨尚存宋時石；

遥青如對蜀中山。

湖心亭聯

聖因寺僧永清屬題。

四面軒窗宜小坐；
一湖風月此平分。

徐莊愍公祠聯

公名有壬，歸安人，官江蘇巡撫，庚申城陷，死之。其妾施氏、子震翼及一女皆死，幕友、僕妾從死者五人。同治十三年建祠蘇州，同鄉諸君屬題此聯。按謚法，履正志和曰莊，使民悲傷曰愍，聯語用之，附記以告觀者。

仗節鎮危疆，當軍事土崩瓦解、不可收拾之時，視城中無固志，視城外無援兵，糜頂踵以報君恩，婦豎輿臺同授命；

結纓完大義，與謚法履正志和、使民悲傷有合，在吴會爲名臣，在吴興爲先達，節春秋而修祀典，日星河嶽共昭垂。

莫愁湖勝棋樓聯

樓有徐中山王像，相傳王與明太祖奕棋而勝，即以此湖賜之。湖中荷花彌望無際。

占全湖緑水芙蕖，勝國君臣棋一局；
看終古雕梁玳瑁，盧家庭院燕雙棲。

馮景庭宫允輓聯

宫允以庚子第二人及第，遷中允後即乞歸，優游林下，潛心著述，物望甚隆，又善治生。今年夏以老病終，時方修《蘇州府志》未竟，深爲三吴文獻惜之。

富貴壽考重以科名，算海内知交都無此福；
儒林文苑兼之經濟，歎吴中耆舊頓失斯人。

贈張任庵同年聯

任庵同年名保，道光己酉舉於鄉，庚戌成進士。其嗣君瀚堂中翰名德霈，以同治癸酉舉於鄉，甲戌成進士。父子並以酉戌聯捷，亦科名佳話也。

北山梓南山橋，聯步到桂宫杏苑；
酉年科戌年第，成名占後甲先庚。

贈潘築巖茂才聯

茂才爲相國潘文恭公之孫，娶道光壬辰狀元吴崧甫侍郎之女，於十月初旬親迎成禮，書此賀之。

門第舊金張，喜宰相文孫剛配狀元嬌女；
倡隨小梁孟，締百年嘉耦恰當十月陽春。

潘季玉觀察六十壽聯

觀察爲文恭相國之子，以刑部起家，庚申之亂克復蘇州，與有力焉。有子四人，孫十餘人，夫人同莒眉壽，於今年十一月初旬稱六十之觴，書此壽之。

相門碩望，郎署清才，功德在珂鄉，驥子龍孫能濟美；
一陽將生，六旬初度，笙歌圍綺席，木公金母共長春。

張太夫人輓聯

太夫人爲振軒中丞之繼母，今年九月卒於江蘇節署。

玉帳動金風，吹散慈雲剛九月；
北堂拜西母，留將福蔭在三吴。

鄒蓉閣縣尉輓聯

蓉閣能詩，錢塘人，官長洲典史，蓋賢而隱於下位者也。今歲杭州老輩高辛才觀察、張仲甫中翰先後下世，蓉閣繼之，不勝耆舊凋零之感。

耆舊歎凋零，杭郡連傷三老輩；
閒官擅風雅，吴中頓失一詩人。

楊石泉中丞四十有九壽聯

中丞生於九月九日，時適請覲，朝廷以海疆有事未允也。

仗節久西湖，纔見仙籌添大衍；
攜香遲北闕，好憑春酒醉重陽。

高辛才觀察輓聯

觀察名應元，富陽人，登嘉慶癸酉拔萃科，以縣令起家，仕直隸、河南最久，後遷四川永寧道，引疾未赴。余昔年奉使中州，以歲科兩試至懷慶，君適爲太守，甚相得。庚辛之亂，余避地天津，君亦寓此，過從益密。及余南還寓吴中，而君亦歸，訪我春在草堂，嗣是無歲不於蘇杭相見。今年夏間，君移家自揚州歸杭，道出吴中，向余借西湖詁經精舍暫住，不意其竟卒於是也。聞君易簀時，其家人焚寓車寓馬，皆騰空而起，高出樓屋，不知所之，意其必生天矣。

浙水舊文雄，明經釋褐，縣令起家，雖錦江玉壘未莅雙旌，至今治譜流傳，三輔兩河猶歎美；

覃懷賢地主，同客津門，重逢茂苑，看皓首龐眉將登九秩，何意湖樓暫借，雲車風馬遽來迎。

張仲甫先生輓聯

先生登嘉慶庚午賢書，其先德適官閩撫，謝恩疏入，仁廟御批「欣慰」二字。同治庚午，重賦鹿鳴，所著《春秋屬辭辨例》一書曾呈乙覽，亦儒者之至榮矣。

耆年碩德，兩賦鹿鳴篇，憶從前初奏笙簧，喜動天顔曾一笑；

辨例屬辭，獨得麟經意，想此後不祧俎豆，長傳絶業到千秋。

高滋園都轉六十壽聯

都轉官浙最久，歷官至鹽運使，署按察使，加二品銜。引疾歸，仍居杭州。今歲行年六十，九月二十四日其生日也。

官兩浙近卅年，以二品歸田，仍在白蘇舊治；

過重陽剛半月，爲六旬介壽，恰當黄菊新花。

江室仇夫人輓聯

夫人爲江小雲觀察之配，通文墨，而不爲詩詞；喜觀史，每以史中可法可戒事爲子若婦言之。尤好施與，能急人之急。庚申、辛酉之亂，戚黨中往依之者，人人佽助之，罄所有不惜。臨終自爲輓聯曰：「平生儘爲誰忙？代夫子辛勞，敢分人己；家法原非我設，受祖宗懿訓，敬告兒孫。」烏呼！是亦女有士行者矣。

以巾幗中人，常落落然，有儒生氣象，有豪傑襟懷，日對青史一編，迥異尋常脂粉輩；

當縣惙之際，所拳拳者，在祖宗懿訓，在兒孫家法，手題繐帷數語，豈惟明白去來間。

無錫惠山五中丞祠聯

五中丞者，海忠介瑞、周文襄忱、周懷魯孔教、湯文正斌、李文恭星沅也。祠成後，應敏齋同年屬題。

自勝國至熙朝，歌詠不忘四百年來五開府；

以事功兼學術，馨香無愧九龍山下一崇祠。

吴山倉頡祠聯

吴山新建倉頡祠，前臨浙江，後枕西湖，形勢殊勝，吴康甫大令之所定也。康甫屬題此聯。

上溯羲皇畫八卦時，文字權輿，秦而篆，漢而隸〔一〕，任後來縑素流傳，不外六書體例；
高踞吴山第一峰頂，川原環抱，江爲襟，湖爲帶，看從此菁華大啓，振興兩浙人材。

倪載軒觀察輓聯

觀察由縣令起家，以道員候闕，未補官也。數年前曾買蘇州大儒巷屋居之，余爲題其舫齋曰「小摇碧」。今年就余商量，擬疊石穿池，略仿余曲園規制，未果而卒。

〔一〕隸，原作「隸」，據蔡啓盛《校勘記》改。

卜宅闔閭城，園林花木猶待評量，遽歸海上仙龕，冷落空齋小摇碧；
歷官觀察使，霖雨經綸未遑展布，徒令吴中父老，欷歔遺愛古龔黄。

吴中二程子祠聯

爲恩竹樵方伯作。

後尼山千五百年，篤生兩先生，闢邪説，辨異端，道統天開，正所以下啓紫陽，上承鄒嶧；
環蘇臺數十萬户，過此一瞻拜，黜浮華，崇實學，士風日起，庶不愧言游故里，泰伯遺封。

楊石泉中丞五十壽聯

中丞生於九月九日，去年四十有九，曾贈一聯，今年正五十矣，因又贈此。是歲爲光緒元年恩科鄉試，中丞充監臨官，又爲武闈主考也。

鍾三湘秀氣，爲兩浙福星，奮武揆文，恰值賓興大典；
借九日秋光，獻五旬春酒，翔機集嘏，恭逢御極初元。

石門高氏祠堂聯

高氏出齊公族，由穀熟遷姑蘇。晉元興時又由蘇遷池州，其地在九華山西南，曰魁峯，曰石門，曰桃塢，皆其地也。高滋園都轉屬撰祠堂楹聯，因據其家譜所云，爲題長句。

卜宅晉元興，石門秋色，桃塢春風，聚九華秀氣，緜延累代簪纓，後裔至今懷祖澤；

溯源齊公族，穀熟分支，姑蘇別派，守百禩清芬，崇奉不祧俎豆，先祠終古傍魁峯。

許母盧太夫人輓聯

太夫人乃余次女之姑也，余親家翁季傳孝廉爲山東掖縣令，卒於官。身後無餘貲，夫人拮据支持，歷十餘年，心力交瘁。所生二子，長曰覲身，字子賓，由拔貢生舉孝廉，以病廢；次曰祐身，字子原，則余女壻也，亦已捷於京兆矣；餘三子皆庶出。

有弱女感姑恩，爲言辛苦持家，十載傷心搔白髮；

勖諸孤成父志，會見聯翩兢爽，一門接踵到青雲。

蒯士香同年廉訪七十壽聯

廉訪由知縣起家，官河南光州牧時，戰功甚著，張朗齋軍門以姻家子爲帳下健兒。今官至提督，立功塞外，爲當代班定遠矣。余與廉訪甲辰同年也，故以此聯壽之。

溯轉戰申息間，軍前部曲萬里封侯，白髮坡仙猶坐冷泉判公牘；
憶同登甲辰榜，都下讌游卅年成世，黄花魏國長從老圃看秋容。

此聯曾面爲廉訪誦之，本擬還蘇寓後買長箋寫寄，乃未及寫，而廉訪逝矣。因易其語曰：「溯轉戰申息間，軍前部曲萬里封侯，至今鬢雪飄蕭，尚有雄心談往事；憶同登甲辰榜，都下讌游卅年成世，可歎晨星零落，又將清淚哭明公。」不勝故舊凋零之感矣。

金眉生廉訪六十壽聯

眉生喜談經濟，意氣浩然，亦當代振奇人也。值其六十生日，以此壽之。上聯用陳同甫語，非此老不能當，下聯則用香山太傅《耳順吟》中語。

推倒一世豪傑，拓開萬古心胷，陳同甫一流人物，如是？如是；
醉吟舊詩幾篇，閒嘗新酒數盞，白香山六十歲時，仙乎？仙乎！

沈蘭舫廣文五十壽聯

余曩居臨平時，蘭舫曾受業焉。其地有臨平湖，所謂東湖者也。比年來，余主講西湖詁經精舍，蘭舫又充監院官。光緒元年，值其五十初度，蓋小於余者五歲，而其生日爲嘉平朔，則又先我一日，因自吴下寄此聯壽之。

共學東湖，同客西湖，坐對臘燈懷舊雨；
五年遲我，一日先我，互斟春酒祝長生。

張母彭太宜人輓聯

太宜人生三子，長曰紹渠，以進士作令吴中；次曰紹軒，余視學中州時所取士也；三曰紹潛，亦諸生。紹渠子德迪已入詞館矣。太宜人年八十而卒，寄此聯輓之。

問俗到中州，記壼史流傳，於孝友門風見宣文母範；
享年登大耋，況家聲鼎盛，有琴堂令子與芸館賢孫。

吴母朱太宜人七十壽聯

太宜人爲時山大令之母，光緒二年正月八日其七十生日也，已有曾孫矣。

羅四世於一堂，有子有孫曾，再茁蘭芽便成五代；
由七旬而百歲，曰耄曰期頤，每逢穀日敬祝千春。

許雪門太守六十壽聯

雪門工詩，自編其詩，自道光庚子至咸豐壬子爲《悠游集》，自癸丑至同治癸亥爲《蒿目集》，甲子以後則爲《上元初集》，時之治亂具見其詩。光緒二年正月七日爲六十生辰，以此聯壽之。是歲正月初十日立春。

先立春三日作生辰，千萬户柏酒桃湯，敬爲使君壽；

合大集一編即年譜，六十歲前憂後樂，又到上元初。

王補帆中丞輓聯

中丞爲余庚戌同年，同官翰林，在京師時，晨夕往還無閒也，遂以余長女妻君仲子。年來君歷官至閩撫，所至有聲。今年駐節臺灣，辦理招墾之事。甫還省垣，遽捐館舍。雖恩禮優渥，亦可哀矣。去年在吴中與余倡酬，和人字韵各十餘疊，此樂詎可再邪！

乘桴過斗六門邊，瘴雨蠻煙不辭辛苦，立功在絶徼，蓋視傅鄭尤難，偉矣半載經營，盡闢天南生熟地；

回頭思廿七年事，敝車羸馬時相過從，同譜若弟兄，遂訂朱陳之好，傷哉一朝訣别，未完吴下倡酬篇。

瓜爾佳李夫人輓聯

夫人爲恩竹樵方伯之配，方伯之攝漕督也，夫人與偕。及回蘇藩任，方伯南來，夫人北去，遂别矣。方伯爲余詩友，槐雲館其所居齋名也。

使節記南來，漂母祠邊遂成長别地；
吟懷勞北望，槐雲館内添得悼亡詞。

朱母趙太淑人六十壽聯

淑人爲朱竹石司馬生母，有子三人，其生辰爲正月二十四日，前期三日爲其幼子梅石娶婦。

三珠樹環侍一金萱，添箇比肩人，來助綵衣舞；
周甲年剛逢建寅月，留將婪尾酒，敬祝錦堂春。

葛母李太夫人輓聯

太夫人爲吴縣葛瑞卿明府之母，河南許州人也。行年八十，卒於吴縣署。

二品紫泥封，潁上版輿，花縣迎來衆母母；

八旬黄髮壽，吴中丹族，䶵歌送到大家家。

張少渠别駕五十壽聯

少渠性好善，遇善舉必勇爲之。去年四十有九，奉檄預江蘇海運之役，將附福星輪船以行，忽捨之而就他船。福星船竟沉於海，君幸而免，僉曰是好善之報也。今年五十矣，因書此爲壽。

不福星，真福星，即此一言可爲君壽；

已五十，又五十，請至百歲再徵余文。

佛殿聯

三藐三菩提，與大衆同游淨土；

一花一世界，看我佛即在靈臺。

費室張夫人輓聯

夫人爲費幼亭觀察繼室。幼亭寓吴下，方議遷寓，夫人日間猶爲相度新居，其夕遽卒。

吴下議移家，停車半日相度新居，何期驟中膏肓，仙夢三更俄跨鶴；
天邊榮錫誥，隨宦廿年勤勞内治，忍使未衰夫壻，傷心一曲賦離鸞。

顧室葉淑人輓聯

淑人爲顧竹城明府之配，年五十九，四月三日卒。

鶴壽未六旬，仙去後一年，再向仙山獻壽；
鶯花過三月，佛生前五日，遽歸佛地拈花。

趙忠節公祠聯

公諱景賢，字竹生，余甲辰同年也。粤賊之亂，起義兵衛鄉里，守湖州城三年，城破後陷於賊，罵賊死。

在朝忠臣，在鄉義士，百戰艱難，至死不二；
有唐睢陽，有宋信國，千秋俎豆，得公而三。

自題春在堂聯

先祖南莊府君，嘗舉韓昌黎詩「此日足可惜」一語以勉人，曰：「此語極有味。試思明日亦日也，然非此日矣；明年亦有此日也，然非今年此日矣。然則古人惜分陰，豈爲過乎？」蓋府君篤志於學，故其訓人若此。又先舅氏姚平泉先生嘗自言「以出世之心行入世之事」，斯言亦極有味。樾因竊取此二意爲一聯，異日當書而懸之春在堂焉。

日有明年之日，年非今日之年，吾祖南莊府君是以垂惜日之訓，後人宜敬體此意；
事或入世之事，心仍出世之心，先舅平泉老人用此爲處事之方，小子竊有味其言。

楹聯録存二

徐雲階部郎輓聯

雲階爲震澤縣之震澤鎮人，曾舉義兵衛鄉里，亂後又勷辦善後之事。其没也，余銘其墓。

負幹濟長才，小試於鄉，已爲遺黎復元氣；
綜生平義舉，大書其事，愧無巨筆誌幽宫。

陳子舫太守輓聯

子舫爲先兄癸卯同年，以太守候補江蘇，卒於江寧。

二千石太守清貧，雖負長才，未施利器；
三十載同年寥落，既傷老友，更念先兄。

陳母繆淑人輓聯

淑人爲同年陳訏堂司馬之母。其家始極貧，淑人具饘粥食舅姑，而自掘野菜作羹以充饑。訏堂官吾浙，就養浙中者數年，然勤儉如故也。卒年七十七。

多福多壽，過七秩又七齡，芝誥榮封，大好桑榆新景色；
克儉克勤，歷一生如一日，版輿就養，未忘藜莧舊家風。

濮少霞觀察七十壽聯

少霞舊宦蜀，光緒三年正月其生日也。

陸放翁於老學庵中話成都舊游，燈市笙歌正月節；
白樂天從大曆年間到會昌初載，香山詩酒七旬人。

鄭畬香孝廉輓聯

孝廉太湖東山人，曾官户部，光緒丙子十二月自湖北歸，卒於滬瀆。時其父年六十餘矣。

臘鼓動悲音，千里征帆，輀軸迎歸黄歇浦；
春明樹文望，一官農部，科名盼斷白頭親。

張母孟太夫人輓聯

太夫人爲同年子青制府之母，年九十矣，正月十八日其生日也，於正月三日卒。

一品紫泥封，看膝前令子賢孫，更有曾孫同蹡踊；
九旬黄髮壽，正歲首良辰吉月，再遲半月即稱觴。

先是余曾爲壽聯，將書而未果，不意遽易壽爲輓也，因亦附録於此云：「養志在東山，看膝前有令子，有賢孫，有婚冠之曾孫，會見一堂成五代；騰歡徧南服，自日下而梁園，而吴會，而閩浙諸都會，齊從正月祝千春。」制府曾官豫撫，由河督、漕督移撫三吴，遷閩浙總督，陳情乞養，故聯語云然也。

錢太淑人輓聯

太淑人爲子密樞部之母，女而有士行者。錢故禾中望族，太淑人嘗舉其先世故事訓其子孫云。

九五福令德考終，向來尹吉遺型，彤史允堪輝柱下；
六十年清門舊事，此後孫曾環立，白頭無復話鐙前。

吴勤惠公輓聯

公名棠，以縣令起家，官至四川總督，以病乞歸，到家九日而卒，亦咸同閒名臣也。余曾承其延主受經書院，以遠不赴。今聞其卒，擬以一聯輓之，因循未果。萬小庭大令，其門下士，又有葭莩戚，屬余代撰此聯，因録而存之。

由牧令起家，不十載簡在帝心，而監司而開府，卅年來勤政惠民，允推柱石勛名，豈僅偏隅資保障；

從成都返旆，只九日身騎箕尾，若閩浙若江淮，千里外報功崇德，何況葭莩戚誼，曾陪下坐在門牆。

沈母張太恭人輓聯

太恭人爲翠嶺沈君之配，樂善好施。道光二十九年大水，沈君借庵村報恩寺設局養饑民，太恭人手製綿衣數十褶以賜；又嘗乘舟之平望，過楊家蕩遇風，乃命其孫中堅，召水工於下流最深處築堤三十丈有奇，至今賴之。

嘉言懿行，落落數大端，至今客路經過，楊蕩隄邊定有叢生慈竹；

仁粟義漿，孳孳八十載，長使災黎感泣，庵村寺内頷來手製寒衣。

浙紹會館聯

在蘇州盤門新橋巷，余爲題二聯，一懸客坐，一懸[一]戲臺。

游宦到金閶，把越酒話鄉關，如讀會稽三賦；
清時調玉燭，借蘇臺成雅集，勝在永和九年。

高會即蘭亭，敘觴詠幽情，更饒絲竹興；
新聲徵菊部，對蘇臺風月，應憶鏡湖遊。

周琳粟觀察輓聯

觀察以孝廉官天津府知府，遷天津河間兵備道，四十外即謝病歸，卜居於杭州横河

[一] 懸，原作「聯」，據蔡啓盛《校勘記》改。

橋，有園林之勝。光緒二年卒，齒未五十。余在天津與君相識，君時猶中書舍人也。

剛七載卧林泉，最憐甲第經營，便有青山終老意；
由一麾遷觀察，回憶丁沽款洽，及君紅藥賦詩時。

鍾子勤孝廉輓聯

子勤精穀梁之學，著《穀梁補注》二十四卷，主講上海敬業書院者十餘年。余每至滬，必與討論經義，今不可得矣。其殁也年六十。

廿四卷補注爲穀梁子功臣，頻年手校青編，鏤版告成猶及見；
六十歲耆儒是乾嘉閒宗派，此後我來黄浦，談經同調更無人。

沈母李氏蔣氏兩太夫人壽聯

李爲沈蓮溪觀察之配，蔣爲沈雪門廣文之配，娣姒也。觀察公爲嘉慶丙子優貢，廣文公則是科領鄉薦，皆先大夫同年也。光緒三年，李年七十，蔣年八十。書森太守乃廣文公子而嗣觀察公者也，奉兩太夫人於八月十三日合而稱觴云。
鍾夫人禮，郝夫人法，登八詠樓，互相輝映；
七十曰耋，八十曰耄，唱百年曲，同到期頤。

朱母趙太淑人七十壽聯

太淑人爲朱少虞農部之母，其君舅曾爲某縣校官，太淑人從之黌舍，奉侍甚謹。光緒三年，年七十矣，少虞迎養於京寓。九月中其生日也，寄此聯壽之。
佳節過重陽，借九月鞠華祝七旬萱壽；
慈顔生一笑，對綺筵甘脃憶冷署虀湯。

杭州安徽會館聯

爲徽人之宦浙者作。不知其書何人之名，亦不知其果用否也。
游宦到錢唐，飲水思源，喜兩浙東西與歙浦江流相接；

鍾靈自灊嶽，登高望遠，問雙峰南北比皖公山色何如？

八旗奉直會館聯

在吴中即以拙政園爲之，固三吴勝地也。

勝蹟冠吴中，有梅村詩句，衡山畫圖，坐對茶花思往事；
名流來日下，是豐沛故家，金張貴姓，好憑酒盞話昇平。

吴桐雲觀察輓聯

觀察爲湖南沅陵人，曾從戎幕，有戰功，後爲曾文正公奏調江蘇，統帶輪船，遂殁於滬。其生卒皆十二月初八日，亦可異也。

仕宦本勞人，况當陽九年，戎馬軍中，飈輪海上；
去來皆佛地，兩逢臘八日，西山毓秀，申浦歸真。

許季蓉明府輓聯

季蓉於兄弟行居第五，乃信臣撫部之子，官江蘇嘉定縣，卒於光緒三年十二月二十七日。其明年二月乃信臣撫部八十生日也。

何凖第五，許慎無雙，祝堂上八旬，正擬椿庭同舞綵；
病共秋深，算隨臘盡，賸年前三日，不能花縣再頒春。

濮少霞觀察輓聯

少霞宦蜀中二十七年，曾管前、後藏及拉里軍糧府，攝夷情章京督辦。乍了夷務，班禪喇嘛録爲弟子，贈名羅桑策忍，譯言「心好長壽」也。光緒四年二月卒於家，年七十有一。

歷萬里以歸來，巴蜀舊使君，班禪大弟子；
踰七旬而化去，神仙蘇玉局，兜率白香山。

馮竹儒觀察輓聯

竹儒觀察乞假出關，奉其父尹平刺史遺骨以歸。適有朝命引見，乃疾行而返，甫至滬瀆，遽捐館舍。其人有肝膽，喜談經濟，有用才也。其祖子皋先生實與先君子同舉於鄉，故有通家之誼，在滬上時與余交甚深。今聞其逝，不禁泫然，寄此聯輓之。

負父骨而返，聞君命而趨，是真忠臣，是真孝子；
論人才可惜，念交誼可感，一則公義，一則私情。

郜荻洲觀察七十壽聯

觀察以水部郎起家，年至古稀，精神强固，其幼子即今歲所生也，矍鑠可想矣。

矍鑠古稀翁，添箇嬌兒作生日；
清閒觀察使，本來水部是詩人。

應敏齋同年適園聯

敏齋築適園於杭之忠清里，泉石之勝與真山水無異。有三層樓，登其上層，則襟江帶湖，空曠可喜，因集唐人張𩕳、王之涣句爲楹帖贈之。語頗切合，惟張句上下易置，則以楹聯體裁須諧平仄耳。

似入萬重山，不離三畝地；
欲窮千里目，更上一層樓。

潘星齋侍郎暨陸夫人輓聯

侍郎乃吴縣相國文恭公仲子，由翰林起家，歷官卿貳，於光緒四年三月三日與夫人陸氏同日而卒，夫人卒於丑時，侍郎卒於巳時，可謂偕老矣。

清望歷四朝，承黄閣門風重登八座；
仙遊同一日，攜白頭嘉耦俱返三山。

金眉生廉訪輓聯

眉生負經世才，喜談天下事，亦古之振奇人也。今春招余游其偶園，頗擅泉石亭臺之勝。乃園中一别，竟爾千古，亦可慨也。

春初招作偶園游，泉石幽深，亭臺曲折，花木扶疏，忍抛三徑煙霞，海上仙龕遽歸去；

酒後聽談天下事，世運升降，學術盛衰，政治得失，空賸千秋著述，山中經濟更誰論？

王母勞太恭人七十壽聯

太恭人爲王君夢薇之母，嘉平八日其生日也。

願歲歲今朝，以臘八良辰陳秋千雅戲；

祝婆婆老福，從古稀七十到上壽百年。

童際庭觀察輓聯

觀察行年六十而卒，距生辰止三日耳。生平頗豪侈自喜，身後門庭蕭索，孤子纔五歲，亦可哀也。

縣弧穀旦，便是蓋棺期，只爭三日光陰，未滿六旬眉壽；
綺席清歌，變成蒿里曲，堪歎一門細弱，僅存五歲孤兒。

江硯雲封翁輓聯

封翁乃小雲觀察之父，年至八十尚思游京師。小雲諫阻，乃率全家卜居於留下山中，小築甫成，遽捐館舍，因以此聯輓之。時余正丁太夫人憂也。

不輦轂即林泉，率全家入山必深，知暮年尚抱權奇氣；
以考終完老福，與令子論交最久，痛去歲同銜風木悲。

岳廟聯

杭城衆安橋畔爲岳忠武王初瘞處。同治甲子，吴康甫大令剏議於其地建忠顯廟，植柏於庭。至丁丑歲大雪，枝榦分披，遂至中裂，異而諦視之，則其樹柏葉松身，固檜樹也。西湖岳廟舊有分屍檜，前明同知馬偉所植。顧彼則人力爲之，此則天意而非人力矣。敬題此聯，以誌靈異。

老奸終古分屍，鬼斧神斤劈開檜樹；
快事一時撫掌，風欺雪虐壓倒秦頭。

安徽會館戲臺聯

館中奉包孝肅、朱文公栗主。潘玉泉方伯屬題此聯。

菊部小排當，聽他絳樹新歌，好博河清同一笑；
梓鄉衆耆舊，來自紫陽故里，試將風景認三吴。

衡峯和尚輓聯

和尚住蘇州寶積寺，寺圮新之，亂後又圮又新之，余有《重建寶積寺記》，存《褉文》中。和尚工丹青，凡相地、相人及星命家言，無不通曉。余孫陛雲自幼多病，曾託其取一僧名，曰蓮生云。

積半生苦行，經營碧殿赬廊，從前寶地落成，曾許簡栖來作記；
攜總角雛孫，瞻仰紺眉藕髮，此後香山老去，更無如滿共論交。

高滋園都轉輓聯

都轉官吾浙最久，曾權臬使，及引疾後仍寓杭州。余與交最深，今年春至杭，則已病矣，猶延入内室，茶話中庭，良久而别。别未帀月，遽聞其訃，悲夫！

宦游兩浙幾及卅年，從前憲府兼權，棠蔭尚留遺愛在；
話别中庭未逾一月，此後湖樓重到，柳陰少箇故人來。

應敏齋方伯六十壽聯

敏齋與余同歲生，道光甲辰年同舉於鄉，今年皆六十矣。十月二十二日其生日也。其太夫人在堂，年八十有七。余寄此聯贈之，并爲其太夫人壽也。

長於我一月有餘，憶卅六年前同列賢書，榜上並題年廿四；

親在堂九旬將届，合百五十歲三周大衍，筵前兼祝母千秋。

又

爲杜筱舫觀察作。

敏齋少年時無子，五十歲後有丈夫子五。自蘇藩乞養歸，卜居杭州，買忠清里沈氏宅，極園林之勝，有三層樓，登之則聖湖、錢江皆了了在望，亦壯觀也。

母九旬，兒六旬，更欣繞膝人多，商瞿五十歲後蘭玉叢生，得崢嶸五男子；

官二品，階一品，尤喜乞身歸早，靈隱三天竺外園林勝地，有突兀三層樓。

潘母胡淑人輓聯

淑人爲太傅潘文恭公孫婦，東園君之德配也。東園君年五十一而終，其卒也以二月十九日；淑人亦年五十一而終，其卒也以六月十九日。二月十九世傳觀音菩薩生日，六月十九則言是成佛之日，此兩人者殆亦必有宿根者矣。

佛誕誌觀音，最難伉儷歸真，季夏仲春同逢十九日；
仙籌添大衍，卻好期頤分享，錦琴瑶瑟合成百二年。

吴平齋觀察七十壽聯

平齋好金石，所著有《兩罍軒彝器圖識》，余曾爲序之。今年爲其七十生日，而余亦六十矣。其所居曰金太師場，與余所居馬醫科巷前後相望，蘇人所謂隔一條巷者也。

合千古之壽壽公，永保用永保享，左鼎右彝，坐兩罍軒，居然三代上；
以十年之長長我，六十耆七十老，望衡對宇，隔一條巷，有此二閒人。

楊振甫同年輓聯

振甫爲余庚戌同年，同入翰林者也，仕至廣東布政使，光緒五年正月三日卒於官。其母沈太夫人歿於四年十二月十八日，相距止半月也。振甫之官時，召見問行期，有「母老，途次不必急促」之命，亦榮遇矣。

從慈母以西歸，雖隔歲未越兩旬，回思宣室垂詢親老途長，曾荷殷殷天上語；

哭故人於南海，歎同年又弱一個，屈指玉堂舊友風流雲散，空餘落落曉來星。

許星臺廉訪六十壽聯

廉訪與夫人同庚，其膝前子女，及孫男女、曾孫男女，及外孫男女、外曾孫男女，共得七十人，亦盛事也。

聚兒孫內外得七十人，登堂同拜生辰，從古汾陽無此盛；

合夫婦倡隨成百廿歲，轉瞬再周花甲，如今吴會是初筵。

又

廉訪自言其夫人於十七歲舉長男，後連舉二女，又得一男，又連舉二女，自此一男二女相間而生，得男六人、女十二人； 有如夫人者二人，得男女各四人，共得男十人、女十六人，因又譔此聯壽之。

奇偶合陰陽，算一男二女相間而生得十有八人，每歲必添丁，其餘蘭夢分占，又弄四回璋瓦；

富貴亦壽考，從六旬初度遞推而上到百又廿載，大年再周甲，長此華堂聚順，坐看七代雲仍。

任竹賢刺史輓聯

刺史曾官江西樂平縣，權景德鎮同知。 當粵賊之亂，設立飛字營，頗著戰功。 及從樂平移德化，以其地多水患，築長堤護之，名曰永安隄，并建石閘焉，居民即爲立生祠於堤上。後遷雲南鄧川州牧，以病不赴，歸里數年而卒。

以書生殺賊立功，飛字營前父老至今談戰績；

爲閭閻築堤捍水，永安閘上使君未死有崇祠。

周霞城廣文輓聯

霞城名茂榕，鎮海人。余曾預修《鎮海縣志》，君亦在志局中，故時通音問。雖未謀面，其意拳拳，願在私淑之列。庚辰冬日猶寄余洋錢四十，助刻《右台仙館筆記》，至辛巳元旦而卒，亦可悲矣。

汝川舊族，望海名家，惜此時邑乘已成，未及爲君作佳傳；

鷄日占凶，蛇年應讖，憶去歲郵筒遠寄，尚煩助我刻新書。

繆仲英觀察七十壽聯

觀察以道光丁酉舉人官黔中，至光緒辛巳年七十矣。其子小珊太史迎養入都，因余與觀察有同歲之誼，乞此聯爲壽。

開八褉至期頤，湖西科名列賢書，四十年前同詠霓裳天上句；

由一麾遷觀察，喜子舍官居翰苑，三千里外笑扶鳩杖日邊來。

譚文卿中丞六十壽聯

中丞始官日下，屢上封事，皆持大體。及撫三秦，活飢民無算。光緒五年移節浙中，適有海外之警，不動聲色而備禦有法。又修建文瀾閣，購書庋其中，以嘉惠學者。余有壽序文，言之甚詳。中丞生日，余適在湖樓，復獻此聯。

内而調和宫府，外而存活閭閻，妙在聲色不動中，便有如是經濟；

武則海上旌旗，文則閣中緗素，欲驗期頤無量壽，請看何等精神。

譚麗生編修輓聯

麗生名鑫振，湖南衡山人，光緒庚辰以第三人及第。至辛巳春來浙，適余從湖上俞樓還吴下春在堂，已登舟矣。麗生知之，即乘肩輿出武林門，至余舟中，以後進禮見。余未及往答，期再見於吴中。乃甫踰一月，而麗生遽以咯血而死。聞其臨終神識不亂，以其九齡幼子所臨玄秘塔碑交付其同年徐花農庶常，默寓託孤之意，亦深可悲矣。

如何探花使，竟作報羅人，最憐客死浙西，難擕九歲孤兒託付同年良友；

回憶小舟中，曾修同館禮，猶冀重逢吴下，誰料武林一面句銷文字因緣。

吴母張太夫人輓聯

太夫人爲子健中丞之生母，年八十有二，於辛巳歲五月五日卒於江蘇撫署。時慈安端裕康慶昭和莊敬皇太后遺誥頒行天下，江蘇甫奉到也。

憶往歲鸞歌鳳舞，獻壽寢門，踰八秩甫二齡，曾玄五代，同祝期頤，何今年佳節端陽，頓撤蒲觴陳素俎？

看令子武達文通，起家翰苑，由屏藩到開府，節鉞三吴，親承色笑，痛此日普天縞素，又扶桐杖哭慈闈。

又

爲潘季玉觀察作。

中丞河南固始人，曾爲湘藩、鄂撫。及撫蘇，又再攝兩江總督，所至輒奉太夫人版輿以行，故上聯云然。

鍾毓自兩河，兩湖兩江同依福蔭；
曾玄羅五代，五月五日頓失慈雲。

密通和尚輓聯

和尚揚州人，卓錫姑蘇有年矣。城外虎丘寺、城中永定寺皆其所重建也。於光緒辛巳歲示寂，年六十有一，蓋與余同歲者。

看君赤手興兩處三門，此事由心精力果；
媿我白頭亦六旬一歲，至今猶帶水拖泥。

杭州金華將軍廟聯

金華將軍曹氏名杲，仕後唐爲金華令，吴越時守婺州。錢氏入朝，委以國事，杲即城隅浚三池，曰「湧金」。既殁，民爲立祠池上。其神每化爲蛙，游戲人間。光緒辛巳歲三月見于俞樓，因題是聯。

踵鄰侯六井，鑿金牛湖畔三池，利澤縣延百世祀；
傍坡老古庵，築碧霞亭前新舍，神靈飄忽一來游。

黄覲臣太守輓聯

太守爲恕偕前輩之子，需次江蘇，與海運之役，卒於通州。

潞水轉雲帆，未及生還黄歇浦；
長沙歸旅櫬，不堪腸斷白頭親。

俞友聲大令輓聯

友聲名鱗振，紹興人，以諸生從戎，積功得知縣。同治丁卯歲舉於鄉，光緒丁丑歲成進士，仍以知縣原班分發江蘇，未幾以疾乞歸，卒于杭州，年五十三。余在吴下及湖上，皆來相見，執族子禮，然服屬固不可考矣。

戎幕久參，北府文闈仍捷南宫，在吾宗不愧後來秀；
吏才未試，東吴噩秏俄傳西浙，於古人甫及服官年。

應母朱太夫人輓聯

朱太夫人爲應敏齋同年之母，光緒辛巳年八十有八。春間即卧病，至六月十三日，自言欲去。已屬纊矣，乃歷三刻許復蘇。至十五日，呼敏齋至牀前，傳以遺命，又言欲去，言已溘然。舉家號呼，則又言曰：「人生有何樂處？汝曹唤我轉來，甚無謂也。」自是又閲數日，至二十二日而逝。其來去之際，若可自由，必是有夙根者。敏齋妾張氏同日化去，亦可異也。

勉爲兒曹作十日留，來去從容，攜膝前小婦同行，定有三生緣分在；
并算閏餘過九旬外，富貴壽考，想天上羣仙高會，依然八坐起居榮。

德清烏山社廟戲臺聯

烏山即德清山，余故居南埭在山之陽，余即社中人也。社廟戲臺成，父老屬題此聯。

借絲竹傳山水清音，里社歌謠新樂府；
與父老語昇平盛事，歲時伏臘古臨溪。

杜筱舫方伯輓聯

筱舫六十歲時，余曾以聯爲壽，載在上卷，已畧述其生平矣。辛巳之秋，筱舫卒於嘉禾里第，因復以此聯輓之。余爲内子姚夫人之姪觳孫娶筱舫從兄女，故有昏姻之語。

入仕途到開藩陳臬，游刃恢恢，更觀采香小集，平寇巨編，歎公戎幕起家，又向詞壇高樹幟；論交誼兼朋友昏姻，前塵歷歷，回憶傾蓋秣陵，望衡吳市，此後武林歸棹，爲誰秀水再停橈。

嚴緇生庶常六十壽聯

緇生自入詞曹至今十有一科矣，改官比部，因太夫人年高不赴。今太夫人年逾八旬，而緇生亦六十矣，八月三十日其生日也，以一聯壽之。

六旬人詞館逾十科，長依堂上慈親，學老萊子白髮綵衣而舞；
一樽酒清秋交九月，好作山中宰相，領韓魏公黄花晚節之香。

李少荃相國六十壽聯

相國於光緒壬午歲行年六十，正月五日其生日也。

嶽降崧生，溯道光三年到光緒八載；

鸞歌鳳舞，先上元十日祝元老千秋。

勒少仲河帥輓聯

少仲於道光丁酉歲充拔貢生，甲辰舉於鄉，皆與余爲同年，而又副癸卯賢書。先兄福寧君亦於是歲捷鄉闈，則又所稱兄弟同年者也。數十年來以文字論交，最爲莫逆。君由刑曹起家，歷官至江蘇布政使，遷福建巡撫，調貴州巡撫，未之任，道拜河東河道總督，即引疾歸，閲數月遂不起。憶去歲君自閩赴黔，道出蘇州，寓居吴退樓聽楓山館，時相過從，不意一别遂成千古，因寄此聯輓之，不禁哀淚之横集也。

屈指數名場，於丁酉於癸卯於甲辰，居然三度叨分攀桂天香，積四十餘載文字交情，如此同年能幾箇？

起家由比部，而蘇藩而福撫而河督，歸自八閩小住聽楓山館，與六七故人從容談笑，誰知一别竟千秋。

李伯太夫人輓聯

太夫人乃小荃制府、少荃相國之母也，光緒八年二月卒於兩湖節署。特降詔書，有「賢母」之褒，海内榮之。時海外又小有齟齬，朝廷方倚相國爲重，優詔奪情。而相國固辭，未知能如所請否也。

賢母之名定自朝廷，降明詔褒揚，榮在重重芝誥外；
諸侯之孝異乎士庶，贊廟謨撻伐，謀成五五堊廬中。

吕仙祠聯[一]

蘇州閶門外有一公所，衆商人醵資爲善舉者於此會集焉，中奉吕仙。盛旭人觀察屬題此聯。

[一] 祠聯，原缺，據「近代中國史料叢刊」本補。

小築仙居，是當年寶劍藏精故地；
廣爲善舉，體先生金丹濟世婆心。

樊讓村太守輓聯

讓村爲余親家翁玉農太守之長子，余大兒婦之兄也。雖以知府候補，而實未一日居官，優游家食，年五十六歲而卒。其長子年二十矣，未娶也。

五十年知命又過六齡，看弱冠佳兒將納婦；
二千石好官未曾一赴，享半生清福竟成仙。

張通甫大令輓聯

通甫以縣令官吴中，今年與於海運之役。四月既望，卒於津門，年六十矣。其子振棨正攝天津縣事。

矍鑠六旬翁，尚堪奉檄丁沽，海舶千帆催轉粟；

清和四月節，正聽鳴琴子舍，津門一夕罷栽花。

邵步梅刺史七十壽聯

壬午九月爲步梅七十生辰，余爲文壽之，已詳載其行事矣。是月其家適有事，改於十月稱觴，又贈此聯。

在家爲善士，在官爲循吏，到七秩古稀年，繼起有賢子，子又生孫生曾孫，行看五代同堂，作熙朝人瑞；

故鄉諸戚友，故交諸弟兄，借十月小春日，合詞而祝公，公與夫人如夫人，俱享百齡上壽，成平地神仙。

顧晉叔待詔輓聯

晉叔爲子山觀察子，喜翰墨，澹榮利，亦一佳子弟也。去年曾繪《自訟圖》，圖中三人，一官一吏一訟者，實即一人，皆自貌其容也，余爲載入《春在堂隨筆》。今年秋以微疾卒，年五十矣。

借自訟意以成圖，化一我幻影成三，知達者久存南郭忘形見；
到知命年而出世，歎老父衰齡望八，與走也同作西河抱痛人。

陸星農觀察輓聯

星農以第一人及第，余庚戌同年也。自湖南謝病歸，所藏古塼甚富。今年在西湖俞樓猶與相見，不謂越兩月遽聞其訃也。

四五月間訪我樓頭，茗椀清談到金石；
三十年前附君榜尾，蓬山舊夢落江湖。

王母俞太恭人輓聯

太恭人爲王孝子繼穀之母。孝子因母病，爲疏禱於神，請以身代，遂自投月湖以死，死後相傳爲月湖之神。太恭人病愈，又數年而卒，卒之日八月廿四也。

爲孝子一疏，塵世小留，此事不由南斗注；
後中秋九日，月河就養，至今仍是北堂身。

嚴母王太夫人輓聯

太夫人曾從夫宦游滇中，著有《寫韻樓詩》一卷。晚年捐貲助賑，賜建「樂善好施」坊，卒年八十四。

行萬里路，傳一卷詩，寫韻樓小集編排，共羨清才兼碩德；
膺二品封，開九秩壽，樂善坊大書綽楔，長教薄俗式高風。

又

太夫人之父竹嶼先生仕浙江，有惠政，殁祀嘉興名宦祠；夫比玉先生祀鄉賢祠；其少子某官貴州石阡府知府，死寇難，賜邺如例；其幼女封臂肉療太夫人疾，太夫人愈而女竟卒，以孝女旌，亦可謂極人倫之盛矣。張少渠屬代撰輓聯，因又作此。

父在名宦祠，夫在鄉賢祠，子在昭忠祠，女在節孝祠，相見黄泉，死猶生也；
德可先賢傳，行可逸民傳，才可文苑傳，年可耆舊傳，有光青史，女而士乎？

錢敏肅公專祠聯

公諱鼎銘，當江蘇淪陷時，公間關赴皖，謁曾文正公，慷慨乞師，遂以楚師至江南底定，公之力也。後官河南巡撫，有善政，卒於官。敕於原籍太倉州建專祠。祠成，其嗣君溯耆、溯時乞撰此聯。

溯當年千里乞師，一舟摩寇壘而過，抵掌高談，論列山川形勢與夫賊情變幻及東南進取之方，聲共淚俱，此事中興關大局；
迨後來兩河開府，四載在夷門坐鎮，悉心綜理，講求治術源流旁及邊境安危并水旱偏災之備，人亡政在，於今故里有崇祠。

錢湘吟侍郎輓聯

侍郎乃庚戌同年也，嘉善人。

數杭嘉湖同鄉同館同年，白首江湖惟我在；
歷咸同光三朝三十三載，黄粱光景不多時。

邵汴生侍郎輓聯

湘吟卒之明年，汴生又卒。余與汴生甲辰、庚戌兩次同年，即用輓湘吟聯增益其詞，蓋情事既同，詞亦不嫌複也。

算鄉會試兩榜兩度作同年，並列賢書，俱成進士，偕入翰林，白首江湖惟我在；
溯咸豐來三朝三十有四載，起家詞館，歷任封疆，洊登卿貳，黄粱光景不多時。

陶大母凌太淑人輓聯

太淑人爲柳門刺史之祖母，年十六歸於陶，未逾年而寡。其卒也，年八十九矣。是年四月間已病，柳門自吴下歸省之，笑曰：「吾猶未也，當在端午前三日耳。」後竟於五月三日卒，亦可異也。

黄鵠壽偏高，回頭七十二年苦節，終身如旦暮；
青鸞來有信，屈指五月三日歸期，一笑語孫曾。

惲小山太守輓聯

太守爲惲次山中丞之子，曾與大兒紹萊同官。

舊澤在甘棠，喜君紹南服官聲，冀他時閲歷老成，三楚建旄仍虎節；
重泉埋玉樹，令我觸西河餘痛，憶曩日聯翩年少，一官聽鼓共豚兒。

許壽民太守輓聯

太守爲許星臺廉訪之子，南海世家也。其生也，高祖母黄太夫人猶在，五世同堂，而黄太夫人及事祖舅姑，親見七代，蒙恩賜「七葉衍祥」額。太守應京兆試，舉孝廉，官郎署，今以知府需次江西，故廉訪宦游舊地也，乃未及補官而卒，年甫四十八，惜哉！

甲第重羊城，在襁褓名達九重天，記生初七葉衍祥，曾荷恩榮來北闕；
丁年捷燕市，歷兵農出爲二千石，惜中壽五旬未滿，不能宦蹟繼西江。

王曉蓮方伯輓聯

方伯爲先兄癸卯同年，官至湖北布政使，以理學自命者也。

溯咸同閒投筆而興，人謂名臣，自云儒者；
問癸卯科同年有幾？既傷老友，更念先兄。

姚室張夫人輓聯

夫人爲訪梅方伯之配，生平樂善好施，其靈輀自天津返，有瞽者數十人泣送，蓋皆受其惠者也。余爲作家傳，存《褋文》中。

好施從天性而生，積數十年陰德耳鳴，記曾丙舍勒銘，雖拙筆不工言是實；
遺澤在人心未死，合千百家窮檐頂禮，看取丁沽歸旐，縱盲兒無目淚難乾。

孟河蔣氏支祠聯

常州孟河馬培之文植以醫名，光緒六年，慈禧皇太后有疾，詔徵天下精醫術者，馬君亦與焉。比歸，命南書房翰林書「務存精要」四字賜之，遇亦榮矣。然君實姓蔣氏，在漢世有封函亭侯者，其始祖也。明季有自鳳陽遷金陵者，婚於馬氏。馬故世醫也，至是無後，以蔣氏承其業，遂襲其姓。然醫則馬氏，婚宦則皆蔣氏也。支祠落成，求余爲記，又乞是聯。

淵源遡漢代侯封，縱盛名馬服交推，蔣徑清風傳自遠；
祠宇法文公家禮，況宸翰龍章寵錫，孟河喬木仰彌高。

鍾桂溪廣文七十壽聯

桂溪與余皆於道光丙申年入德清縣學，至今五十年矣。

溯五十年泮水同游，爲問幾人今健在？
祝八百歲大椿不老，休言七秩古來稀。

賀許星臺方伯之孫新婚聯

時方伯方由蘇臬遷浙藩，期於明春赴浙。

嘉耦百年成，試新畫眉，剛好梅開東閣；
阿翁一笑起，攜小比肩，去看花放西湖。

徐室楊夫人輓聯

夫人爲同年徐蔭軒尚書元配，有子五人、孫四人、曾孫一人，且曾四次拜緞匹之賜。歲六十五而卒，亦福壽兼備者矣。

壽近七旬，封膺一品，試檢取笥中文綺，從九重幾度頒來，豈止崇班冠興慶；
子榮五桂，孫倍雙珠，更攜將膝下錦綳，合四代同堂聚處，差堪哀思慰安仁。

戴保卿通守輓聯

保卿爲醇士侍郎之子，官松江府通判。其子青來太史，余門下士也。

以名父子，見宰官身，佐郡在雲間，白首浮沈今老矣；
有繼起英，繩乃祖武，奔喪從日下，素車風雪太凄其。

胡樗園明經輓聯

樗園乃余從前館新安汪氏時曾受業門下者也。

往日列門牆，最憐年少美才，常指青雲期遠到；
朔風吹噩耗，頓觸老夫舊感，重回白首憶前游。

王母李太夫人輓聯

太夫人爲王竹侯方伯繼母。

膺一品封，届九旬壽，羅四代兒孫，瑶島應推衆仙長；
生嘉慶初，終光緒間，受道咸誥命，華堂坐閲五朝春。

靈瀾精舍聯

蘇州横山智顗禪院有畣畣和尚，以錫杖叩石得泉，見《吴郡圖經續記》。虎丘山下有泉曰憨憨，或曰亦酕酕和尚遺跡。橫山與虎丘相近，憨與酕音又相同，疑或然也。甲申歲，洪文卿閣學、朱修庭觀察訪得是泉，築精舍於其上，鄭小坡孝廉命曰「靈瀾」，余爲題榜，并題是聯。其地即在真娘墓畔，故下聯及之。

一勺試清泉，此邦故老流傳，都道是酕師卓錫峯頭遺跡；
數椽營勝地，我輩閒人游覽，勿徒向真娘埋香冢畔題詩。

周叔雲都轉輓聯

都轉爲余鄉會兩榜同年，罷官後來居吴下，未半載而卒。

甲歲發科，庚年登第，兩番倖附驥旄，閲歷名場皆白首；
都門判袂，吴市班荆，幾日同麈塵尾，重提舊夢竟黄粱。

樊穉農比部輓聯

穉農以孝廉官比部，頗有才幹。因奉母不之官，年未五十而卒。其上有四兄一姊，不數年相繼逝世，亦可悲也。

興廉舉孝，有幹濟之才，郎署方期儲大用；

兄亡姊逝，又慘遭此變，親庭何以慰慈懷。

薛慰農觀察輓聯

慰農曾以杭州太守權糧儲道，解組後主崇文書院講席，與余所主詁經精舍遥相望也。旋移席金陵尊經書院以去。其在金陵日以詩酒自娱，頗極林下之樂云。

湖西泠講席相聯，十里湖山兩壇坫；

看南國甘棠猶在，千秋循吏一詩人。

東洲船山書院聯

東洲在衡州府東，書院乃彭雪琴尚書所創建，曰船山者，以王船山先生名也。

讀船山先生所著全編，得三百餘卷之多，經史子集蔚一代巨觀，承其後者，勿徒爭門户異同，漢詳名物，宋主義理，各有師傳，總不外古大儒根柢實學；

卜衡嶽勝地而開講舍，看七十二峯在望，春夏秋冬備四時佳景，登斯堂也，尚共矢晨昏黽敏，出建功勳，處修節操，交相砥礪，以毋負老尚書創建初心。

宗樾亭封翁輓聯

封翁爲湘文太守之父。湘文仕吾浙，守衢、守湖、守嚴、守嘉興寧波，所至有聲。翁嘗訓之曰：「汝曹居官，能去民疾苦，是即所以養志也。」今歲翁年八十有三矣。一日晨興誦《金剛經》畢，忽感微疾，越六日命家人易衣，云將有遠行，俄而遽逝。

有令子仕二千石，勤恤民隱，振起人文，先生顧而樂之，笑曰汝能養志；

享大年逾八十歲，服習儒書，精通梵典，一旦飄然逝矣，自云吾有遠行。

日本鉎吉君六十壽聯

日本東京人井上陳子德來游中土，受業吾門。今年其父鉎吉君行年六十，母下山氏五十有五，寄此聯壽之。

有令子萬里來游，言家庭期望深心，外則賢父，内則賢母；

祝而翁百年偕老，看郎君講求實學，處爲名士，出爲名臣。

吴叔和郎中輓聯

叔和爲曉帆觀察之孫，嘗隸余門下。今年春，余在俞樓，叔和猶載酒過我，作竟日談，然其時已病矣。既而來蘇就醫，病重而歸。以解維稍晚，雖以小輪船曳之行，然至杭州已次日亥時矣。不及入城，至子時卒於舟中，惟其妻在側。一子甫二歲，一庶子七歲，均不在舟，亦可慘矣。

滯吴中半日歸程，歎到家尚隔重城，黄口孤兒未及提攜拜牀下；

憶湖上早春雅集，痛及門又弱一个，白頭老友空餘涕淚灑風前。

任秋亭大令輓聯

秋亭精於醫筮，仕江蘇，曾攝金山令。余從前建春在堂、營曲園所用匠石，即其所薦也。

良吏即良醫，看君花縣撫循，仍爲閭閻蘇疾苦；
實心行實事，記我草堂卜築，曾煩土木助經營。

李眉生廉訪輓聯

廉訪官蘇臬使，未任而以病免，即卜居吴下，買輞師園居之。其地在滄浪亭東，故自稱蘇東鄰。余寓吴下，頻與往來。廉訪之封翁乃先大夫丙子同年也，其卒於光緒十一年八月之望。

蘇公千載後十萬買鄰，以舊使君吴下句留，定有前生緣分在；
桂子一輪秋三五而闕，歎先大夫年家昆弟，不知當代幾人存。

薛心農鹺尹輓聯

心農以鹺尹需次浙江，精於醫。往歲慈安皇太后不豫，徵天下名醫。浙撫以心農應詔，亦奇遇也。其子受采官知縣。

西湖宦蹟，與蘇白俱留，繼起清芬欣有子；
北闕徵車，以岐黄應詔，他年方技定傳君。

姚少讀太守七十壽聯

少讀行年七十，權守松江。十月初旬其生日也，而官牒則云年六十五，適與余同歲矣。

二千石坐領古三江，問生辰在十月之初，嶺上春爲公獨占；
七十翁行開第八秩，稽仕版則六旬有五，壺中日與我同庚。

吴仲英司馬六十壽聯

仲英以杭人官吴下，吏治之外兼擅風雅，非俗吏也。行年六十，書此壽之。

王摩詰宿世詞客，前生畫師，儒雅風流又官二千石；
白香山杭州酒痕，吴郡詩本，往來游戲已及六十年。

彭雪琴尚書七十壽聯

尚書督師廣東者三年，今始罷兵而歸，行年七十矣。十二月中旬其生日也，先一月爲其長孫娶婦。因憶余六十歲時爲孫兒陛雲娶婦，即君之長孫女也。君以一聯見贈，上聯祝詞，下聯賀詞也。今援其例，亦贈一聯。

桂海正銷兵，七袠開筵，會有恩綸來錫壽；
蘭孫新授室，一堂舞綵，好攜嘉耦共承歡。

朱母趙太夫人七十壽聯

即上卷所載六十壽聯之朱母趙太淑人也。今行年七十，正月二十四日爲其生日。其子竹石司馬已遷觀察使，且權蘇臬矣。

以歲之正，以月之令，鞠𦞦一尊，爲阿母奉觴而上壽；

八十曰耋，九十曰耄，期頤百歲，看佳兒陳臬又開藩。

潘玉泉觀察輓聯

觀察乃文恭公季子，同治之初收復江蘇，與有力焉，詳見余所撰壽序，已刻入《襍文續編》第五卷矣。光緒十一年十二月二十八日病卒，越三日於除夕大斂，即其生日也。

溯中興初功在三吳，皖江乞援，滬瀆聯防，最難口舌折衝，坐看反側異謀潛消談笑際；

享古稀壽榮封一品，夫婦齊眉，兒孫繞膝，方謂期頤操券，何意縣弧縠旦即是蓋棺辰。

沈蓉閣方伯輓聯

蓉閣乃嚮泉同年之子，由進士起家，官至廣東布政使。中壽而卒，未竟其用，可惜也。

以名進士振起家聲，堂構相承，深喜故人能有子；
由賢令尹蹐登方岳，節旄未逮，竊爲聖代惜斯才。

樊母余太夫人輓聯

太夫人爲樊玉農親家之配，生六子皆前卒，有孫八人、曾孫三人。於光緒十一年八月十七日卒，年七十有七，至十二月吴中始得赴告。其次女爲余大兒婦，方有疾，故未使聞知也。

榮封二品，上壽七旬，繼起喜有諸孫，玉樹依然滿階下；
噩耗三冬，仙遊八月，遠嫁最憐弱女，麻衣未得拜牀前。

惲母戴夫人六十壽聯

夫人爲次山中丞之配，俠骨清才，非尋常羅綺中人也。五月十三日爲其生日。

歷道咸來四朝，重重芝誥，疊膺一品花封，其人擅淵雲詞藻，具湖海襟懷，信有鬚眉在巾幗；

過端陽後八日，灎灎蒲觴，留祝六旬萱壽，從此羅五代曾玄，躋百齡耄耋，豈非富貴又神仙？

吴引之觀察輓聯

觀察於咸豐閒兩守衢州，力保危城，浙東西十一郡惟衢獨完，君之功也。其先德爲先大夫丙子同年。

兩代訂弦韋，問先君丙子世交，喬木故家能有幾？

三衢資保障，歎吾浙庚辛浩劫，疾風勁草孰如公？

梁敬叔觀察輓聯

觀察爲茞林中丞之子。中丞乃先祖甲寅同年也，而觀察又與余爲丁酉同年。官浙江數十年，始爲温州太守，後官寧紹台道，又歷署金衢嚴道、温處道、杭嘉湖道，浙東西宦跡偏矣。

以名父子踤歷二品階，官太守循聲卓卓，官觀察政聲尤卓卓；
歎老成人又看一个弱，論丁酉年誼寥寥，論甲寅世誼更寥寥。

吴子健中丞輓聯

中丞爲諸生時即從事軍旅，後以翰林院侍讀學士出藩三楚，旋授節鉞。光緒十二年五月十三日歿於皖江節署，年六十四。

以書生歷戎馬，由詞苑陟封疆，閫下嚴徐，軍中韓范；
周花甲甫四齡，過端午剛八日，民懷遺愛，帝念前勞。

鈕竹君大令輓聯

竹君爲先兄癸卯同年，官甘肅知縣。

歎先兄鄉薦同年，攀桂故人又一个弱矣；

問使君甘涼出宰，栽〔一〕花何處有三徑資無？

畢孫帆内翰七十壽聯

内翰以八月十六日生，其内子馮氏同歲。

七十古人稀，況偕老百年，有嘉耦共扶鳩杖坐；

三五明月滿，加良宵一夕，爲先生添取鶴籌來。

〔一〕 出宰栽，原缺，據「近代中國史料叢刊」本補。

劉母曹太夫人八十壽聯

太夫人爲劉作仙大令之母，守節五十二年，有三子四孫兩曾孫。十月二十七日其生日也。

合一堂三子四孫，又有兩曾孫，綵服斕斑，同祝百齡上壽；
守大節五十二年，今届八旬年，慈容矍鑠，欣逢十月陽春。

彭南屏太守輓聯

南屏曾官廣東知府，家居數載。沈仲復閣學疏言其才可用，有旨引見，入京三日而卒。其父訥生太守猶在堂也。

五羊城内，五馬官高，治蹟久登黄霸傳；
雙鳳闕前，雙魚信斷，傷心莫慰白頭親。

王小鐵同年輓聯

小鐵爲余甲辰同年，年七十有二，老而矍鑠，一病遽卒。余往弔之，見其一子一女，子年十五，女僅數齡也。

追溯四十三年前共詠霓裳，歎故交又少一人，同榜同年竟無幾；
正羡七秩二齡翁健扶鳩杖，詎小病不消半月，幼兒幼女劇堪憐。

索爾和碧漢母那拉夫人七十壽聯

夫人爲文農太守魁元之母。太守曾守鎮江，欲爲夫人壽。而夫人因適有水災，輟稱觴之費爲續命之資，是邦之民至今感之。今歲年七十矣，十二月十日其生日也。太守方守蘇州，於十月十日預祝。是日乃慈禧皇太后聖壽節也。余在右台仙館，率書一聯爲夫人壽。

借小春預祝千春，恭遇普天開壽宇；

在京口歡騰萬口，又聞頌德滿蘇臺。

季君梅太史輓聯

太史爲仙九先生子，庚戌翰林，甫留館即乞養歸，遂不復出，主講江陰書院。有三子，其長公官兩浙鹽運分司，次公官長蘆鹽運使。

尚書門第，翰苑聲華，羨青山緑水偃仰半生，幾年朝服，頻年野服；
馬帳風淒，鯉庭霜冷，歎苴杖麻鞋倉黄兩地，之字江邊，丁字沽邊。

葉春伯觀察輓聯

觀察以進士作令廣西，官至候補道，引疾歸，寓紹興。年七十有一而卒，距王小鐵觀察之卒不及半年，皆余甲辰同年也。

桂林遺愛，蕺山寓賢，看齒杖優游，七秩已開第八秩；
輞水秋寒，石林冬隕，歎牙琴零落，半年頓失兩同年。

李肅毅伯夫人趙夫人五十壽聯

夫人於二月十九日生。是年爲光緒十三年，恭逢皇上於正月十五日親理萬機，肅毅伯以首輔督直隸，駐天津。敬以此聯壽之。

新政出九重，黄閤餘閒，喜逢家慶日；

春光纔一半，綺筵介壽，巧值佛生辰。

周母姚表姊恭人八十壽聯

恭人爲平泉舅氏長女，於余爲外姊，於亡婦則兄弟也。今年八十矣，於五月一日生，而於四月九日豫行稱觴之禮。余往祝之，白髮青裙，縱談往事，因憶余兒時太夫人每邀姊來度歲，所居史家埭有樓臨街，元夜張鐙，與姊登樓觀之，情景猶如昨日，而余與姊皆老矣。

借清和四月，祝曼衍千齡，喜看令子賢孫，奉阿母豫慶華堂午節；

越荏苒十年，便期頤百歲，猶憶垂髫總角，與吾姊同看史埭春鐙。

吴牧騶觀察輓聯

觀察與余並以道光丙申年科試入學，庚子舉於鄉，壬子成進士，由庶常改官雲南，所著有《小匏庵詩集》《詩話》。

憶柔兆涒灘歲，泮水同游，先我一科舉孝廉，遲我一科成進士；
出承明著作庭，滇池遠宦，讓君千古在政事，附君千古或文章。

朱鏡香明府輓聯

鏡香官寶應縣令，罷歸後屢主書院講席，道光丁酉科拔貢生也。余於是科亦厠名副榜，後又於甲辰科同舉於鄉。

明經科，孝廉科，兩度作同年，共踏名場如昨日；
循吏傳，文苑傳，千秋無異議，長教里社祀先生。

吴焕卿大令輓聯

焕卿與余同歲，而焕卿以正月生，余以十二月生，蓋長於余也。余館休寧汪氏時，來受業於門下，後成進士，官浙江蘭溪知縣，未滿兩考，改教授而去，有王晉平恐富求歸之意。余嘗語浙撫李小荃制府曰：「此君作令必佳。」余見其文筆甚清，卜其作令亦了了也，後果如余言。

是吾所兄辱稱大弟子，桃花潭畔以都講相推，迄今舊夢重提，泡影電光卌年事；

由名進士出見宰官身，蘭茝溪邊有神君之譽，記我片言論定，文章吏治一般清。

浙江會館聯

館在天津府城中，因舊時浙紹鄉祠舊地爲之。

從之字江邊到丁字沽邊，三千里遠來同歸安宅；

拓越中舊館爲浙中新館，十一郡咸集各語鄉山。

任母王太夫人輓聯

太夫人爲筱沅中丞之母。中丞父諱烜，爲先祖南莊府君同年。太夫人年八十九而終，有玄孫矣。

從令子到玄孫五代同堂，堂上尊榮，古賢母中罕見此母；
溯吾祖副鄉榜九十四年，年家故舊，太夫人外更有何人？

金苕人觀察六十壽聯

觀察以江蘇縣令起家，當克復蘇州時，設法遣散降賊甚衆。後山東直隸水災，集巨貲振之。今以按察使銜直隸候補道辦理河工。

耆壽六十齡，起家花縣，晉秩柏臺，玉節行除觀察使；
存活億萬衆，解散黄巾，安全赤子，金隄更築便民渠。

翁仲淵修撰輓聯

修撰乃文端公孫、文勤公子，恩賜舉人、進士，應殿試魁天下。然以疾早歸，官止修撰。

三秋桂三春杏，皆從天上頒來，只獨占金鼇頂上；
文端孫文勤子，何意山中歸卧，竟長辭緑野堂前。

姚母沈〔一〕太夫人輓聯

太夫人以夫笛秋比部、子訪梅觀察、孫伯庸觀察加級請封，皆封一品。年八十七而終。生平食無兼味，衣必手浣，可謂難矣。

以勤論過人百倍，以儉論過人百倍，以福論亦過人百倍，八十七齡真壽母；

〔一〕沈，原空缺，據李鴻章《姚沈氏等捐賑請奬片》補。

因夫貴受封一品，因子貴受封一品，因孫貴又受封一品，九重三錫太夫人。

莫意樓觀察輓聯

意樓以九月十日生，九月四日卒，曾宰嘉定，其子璵香明府亦以知縣官江蘇。

治譜在三吳，父爲循吏，子爲循吏；
清風宜九月，生近重陽，殁近重陽。

朱孝子祠聯

孝子名高，字兆光，香山人。母病癱，與妻陳以竹倚舁之，周行家衖。又因母嗜飴，逢市集，每躬往市之。市者曰：「吾鬻此三十年，但見人市以啖兒女，未聞以奉母也。」一市嗟歎。

有愛子市飴，無愛親市飴，小節尋常，萬口咨嗟稱大孝；
兒爲母舁輿，婦爲姑舁輿，高年安樂，八騶傳唱總浮榮。

廖仲山少司馬五十壽聯

仲山以兵部侍郎充總理各國大臣，六月中生日。

盛夏祝長春，半百剛符大衍數；
本兵兼典屬，九重深倚老成人。

何青士都轉八十壽聯

都轉舊官浙江杭嘉湖道，晚年仍寓杭州，何文□公之子也〔一〕。

舊日賢使君今日寓公，六橋三竺大有緣在；
早年名父子晚年耆宿，蒼顔白髮不亦仙乎？

張屺堂廉訪輓聯

廉訪曾官十府糧道，遷蘇臬。今年大府奏請赴江北開濬河道，甫回任，值亢旱，偕同

〔一〕「文安」是何紹基之父何凌漢謚號，非何青士（名兆瀛）之父何汝霖謚號（恪慎）。此處疑有誤。

官求雨，感暴疾，不一日卒。

轉漕輸於江北，陳臬事於吴中，簡在帝心期建節；
憂洪水而治河，憫亢陽而求雨，勤勞民事竟捐軀。

陳母徐太淑人輓聯

太淑人爲杭州太守陳仲英之母，在室事繼母，出嫁事繼姑，所處皆甚難，而能曲盡女婦之職。夫亡，撫子女成立。今歲甫得曾孫，乃感微疾，於九月十三日卒。

事繼母繼姑曲得歡心，自從夫子云亡，辛苦支持，歷三十三年，五夜青鐙常飲泣；
教孤子孤女蔚成鼎族，甫幸曾孫在抱，團欒歡宴，過九月九日，七旬黄髮遽歸真。

陳仲泉觀察輓聯

觀察爲余甲辰同年，以病乞歸久矣。今年重來吴下，主於其女壻家。八月十六日余往視之，已偏廢，不能行動。然其神明不衰，論各省秋闈題，良久乃别，未及十日竟卒。其自營生壙即在右台山，與余墓門相望也。

憶中秋後一日白首重逢，相與揮塵論文，片刻清談猶娓娓；

溯卌載前同年黄粱大夢，尚幸眠牛接壤，異時宰樹共蕭蕭。

蔡室朱夫人輓聯

夫人乃老友朱璞山司馬之女公子，余爲平章，歸蔡仲然司馬爲繼室，今秋以微疾卒。

小疾竟難瘳，夫壻重占炊臼夢；

老懷殊有感，蹇修曾作執柯人。

暴梅村大令輓聯

梅村爲余甲辰、庚戌鄉、會榜同年，以知縣仕江西，老而告歸，主書院講席者十許年，年八十一而終。其子舉孝廉，登拔萃科者數人。孫式昭以江蘇平望司巡檢，爲譚序初中丞所深賞，列之薦剡，有旨交軍機處存記，亦異數也。

居官在循吏傳中，居鄉在耆英會上，壽逾八十考終，溯嘉道咸同遠歷五朝，齒德達尊從古重；

有子則天府聯登，有孫則御屏特記，坐看一門鼎盛，數甲辰庚戌同年兩榜，身名俱泰似君稀。

曾劼剛侍郎五十壽聯

劼剛爲曾文正師長子，襲一等毅勇侯，歷使外國，今以侍郎充幫辦海軍大臣。

漢班超以通侯立功萬里外；

晉郤縠爲元帥行年五十時。

惲叔來廣文輓聯

叔來爲惲次山同年之子，其兩兄皆前卒。叔來内行甚篤，兼有榦才。其繼母戴夫人自幼撫之，哭甚慟。叔來之未卒也，有爲之召仙者，箕筆判曰：「己己己。」今年歲在己丑，其卒於四月十四日，月建己巳，日亦己丑，是可異矣。

伯氏云亡，仲氏云亡，歎堂前衰淚未乾，那堪第三度更傷愛子；
年榦在己，月榦在己，想天上除書早定，巧逢十四日又屆先庚。

楊濱石太常輓聯

濱石以壬子一甲第二人入詞館，直南齋，屢拜御書、御製之賜。歷充湖南、福建、山東考官，亦極儒臣之榮遇矣。以太常寺少卿乞病南旋，主書院講席者垂二十年。年六十七歲而卒。

擢上第以登朝，十八學士供奉禁廷，六一先生主持文柄；
捧賜書而旋里，謝傅東山尚存遠志，鄭公北海頓失經師。

葉槐生貢士輓聯

槐生以庚辰年會試中式貢士，遽以奉諱歸，未及殿試，至今十年矣。今年庚辰一科得試差者七人，而槐生猶未登甲第也。主講滬上敬業書院，亦游余門下，曾爲余注《賓萌外集》，未成。

看幾人旌節輶軒，憐君黄榜虚登，博十年進士空名，未與編排金殿試；

了一生皋比講席，勞我白頭遠望，撫四卷《賓萌外集》，更誰箋注玉溪文？

長女婿王康侯輓聯

康侯爲余同年文勤公之子。文勤以福建巡撫薨於位，朝廷賞延後嗣，長子賜舉人，三子賜主事，而康侯以次子拜員外郎之賜。自幼能文，飆於庠，鄉試屢薦不售，庚午科已擬中矣，以文逾八百見擯，鬱鬱遂成心疾，今年九月以他疾卒。有子二人，長子念曾已兩應鄉試矣，頗望其能成父志也。溯自丙寅春入贅於寒門，至今二十四年耳。余衰年又慘遇斯事，老淚不勝揮矣。

甥館記相依，廿四年遽斷塵緣，最憐虚被天恩，了此生白蠟明經，空有頭銜挂郎署；

名場嗟久困，八百字誤逾功令，自此遂成心疾，問何日青雲得路，好將科第付兒曹？

孫省齋方伯輓聯

方伯爲道光丁酉拔貢生，甲辰舉人，余皆與爲同年生。由翰林御史出任監司，官至直隸布政使。引疾歸，寓居揚州，十餘年而卒。

由東觀西臺出膺方面，翺翔皇路，馴至陳臬開藩，又林泉十載閒居，大好緑楊城郭裏；

憶丁酉甲辰共踏名場，寥落晨星，存此同年前輩，歎雲水一江遠隔，從今白髮故人稀。

鍾桂溪廣文輓聯

桂溪爲余同縣人，與余同入縣學者也。年七十有四而卒，時爲其孫娶婦甫逾月也。

備九五福考終，膝下嬌孫剛好迎將新婦至；

話六十年舊夢，邑中老輩更誰共作泮宫遊。

潘伯寅尚書六十壽聯

伯寅時官大司空。

東坡行年六十作小乘定；
西漢置公一人曰大司空。

附録跋語：東坡有《與程正甫書》云：「曉夕默作小乘定，雖非至道，亦且休息。」國朝王文誥作《蘇集總案》，定是年爲紹聖二年，東坡年六十。「大司空，公一人」，見《後漢書》續志。然大司空之設，實始西京，其時固以大司徒、大司馬、大司空爲三公也，尋繹班《志》自見。

馮吉雲觀察輓聯

吉雲生於九月，歿亦於九月。其父尹平刺史以事戍伊犁而卒，其兄即竹儒觀察也。

孝友備一生，遺恨長留榆塞外；
去來皆九月，清風剛稱菊花天。

錢鳴伯駕部續娶聯

鳴伯兩娶皆徐氏女，姊妹也。

誦南國風詩，君子得淑女爲配；
仿東坡故事，同安繼崇德來歸。

顧子山觀察輓聯

觀察以進士起家，官至寧紹台道，年七十九而卒。卒之明年重遊泮水，又明年重宴鹿鳴，均不及待也。生平長於填詞，分爲八集，第一集曰《靈巖樵唱》，第八集曰《跨鶴吹笙譜》，所謂「跨鶴吹笙譜」者，止《望江南》一調，首句皆以「怡園好」發端，「怡園」乃君園名也。

待明年泮水重遊及後年鹿鳴再賦，吴中耆宿已成魯國靈光，何期耄耋將交，遽報仙鼀成海外；
讀初集靈巖樵唱到八集鶴背吹笙，老去襟懷都付蘇家鐵板，大息園林正好，空留絶調望江南。

楹聯録存三

許子舒大令輓聯

子舒宰江陰，以公事至省垣，卒於行館。余從前館江右玉山，子舒曾執經從余讀也。

百里播循聲，覓舄不歸，童子空騎郊外竹；

卌年尋舊夢，雞窗同學，老夫曾賞筆頭花。

黄仲陶大令輓聯

仲陶杭州人，宦游吴下，於正月上旬生，十二月下旬卒，年六十。

家杭州宦蘇州，行跡一生皆福地；

來正月去臘月，平頭六十是完人。

吴母韓太夫人輓聯

太夫人爲清卿河帥母。清卿聞太夫人病，疏請歸省，未及歸而太夫人先卒。

慈蔭冀常留，方期上壽百齡，鳳詔疊偕鳩杖至；
君恩許歸省，誰料長途千里，朱軒竟换素車回。

金立甫太守輓聯

立甫宦游吴下，被議而歸，齎志而殁。其蘇寓亦在馬醫科巷，與余比鄰。

門望稅侯高，伏櫪悲鳴，白首猶存千里志；
園林吴市寄，連牆笑語，緑楊曾作兩家春。

宋叔元觀察輓聯

觀察充浙江書局提調，與余同事。其子澄之明經爲余門下士，乙酉應順天鄉試，中副榜。

玉局賴提綱，十載相從，同對青編憐暮景；
金臺頻盼捷，一椎誤中，要留黄榜慰重泉。

彭雪琴尚書輓聯

尚書歿於庚寅三月六日，余至二十三日始聞之，爲詩一百六十韻哭之，又寄題此聯於其靈右。尚書功業滿天下，不待余言。惟念自己巳春始與相識，及西湖退省庵成，與余湖樓相望，晨夕過從，情逾昆弟，又申之以昏姻。乃去年九月嘉興一見遂成永訣，能勿泫然！數年以來，因病不能書，久無親筆書，今年二月中口占一書，命侍者寫以寄余，殆與余訣乎？封口鈐「吟香館主」小印，猶與平昔無殊也。

功業在天下，聲名在柱下，我懷姻婭私情，只論退省庵中歷歷心頭廿年事；
哭別於九月，聞訃於三月，公已支離病榻，猶有吟香館内悤悤口授數行書。

曾劼剛侍郎輓聯

劼剛乃吾師文正公長子，襲侯爵，官卿貳，歷使海外諸邦，精於西學。

論世務有心得，論經術有家傳，參中外以獨成其學；
爲朝廷惜重臣，爲師門惜令子，合公私而一慟斯人。

又

劼剛篤信西學，服西醫之藥而卒，故聯語云然。然此聯實擬而未用也。

大瀛海環游，爲國宣威，方幸相門重出將；
一刀圭誤事，以身垂戒，使知西法不宜中。

薛子白大令輓聯

子白爲心農大令子，自少隨宦浙江，曾從余游。後亦以縣令仕浙，年未五十而卒。去歲曾饋余以家製橙糕，至今食之未盡也。

始隨宦繼服官，曩時舊雨適從，老我曾叨一日長；
未五旬已千古，去歲新橙製贈，至今猶賸隔年香。

湖上高氏别業聯

武林高仲英白叔昆仲，作别業於蘇隄鎖瀾橋邊，距花港觀魚甚近，有水門可通舟，樹石亦皆有致。

選勝到裏湖，過蘇隄第二橋，距花港不數武；
維舟登小榭，有奇峯四五朵，又老樹兩三行。

李心根封翁八十壽聯

封翁爲杭州太守伯質李君之父，庚寅三月九日爲其八十生辰。余適至杭州，即往祝。輿中得此聯，爲太守誦之。越日即以玉版箋索書，亦壽言中所罕見者也。

自杖朝到百齡，看令子由二千石黄堂而登開府；
距修禊纔六日，爲先生寫十三行玉版以祝延年。

彭剛直公祠聯

楹聯乃古桃符之遺，不過五言七言，今人有至數十言者，實非體也。世傳雲南大觀樓聯最長，合上下聯亦不過一百八十字。今年湖上彭剛直公祠落成，其湖南同鄉撰一長聯，寄余點定，其聯凡二百七十字。余因亦自撰一聯，共三百十四字。

偉哉！斯真河嶽英靈乎？以諸生請纓投筆，佐曾文正創建師船，青旛一片直下長江，向賊巢奪轉小姑山去。東防歙婺西障湓潯，日日爭命于鋒鏑叢中。百戰功高，仍是秀才本色，外授疆臣辭，内授廷臣又辭，强林泉猿鶴作霄漢夔龍。尚書劍履，迴翔上接星辰；少保旌旗，飛舞遠臨海澨。虎門開絶壁，巖崖突兀，力扼重洋。千載後過大角礮臺尋求故蹟，見者猶肅然動容，謂規模宏壯布置謹嚴，中國誠知有人在；

悲夫！今已旂常俎豆矣。憶疇昔傾蓋班荆，借阮太傅留遺講舍，明鏡三潭勸營别墅，從珂里移將退省庵來。南訪雲棲北游花隖，歲歲追陪到煙霞深處。兩翁契合，遂聯兒輩因緣，吾家童孫幼，君家女孫亦幼，對穠華桃李感暮景桑榆。粤嶠初還，舉足已憐蹩躠；吴閶七至，發言益覺唖啲。鴛水遇歸橈，俄頃流連，便成永訣。數月前於右台仙館傳報噩音，聞之爲潸焉出涕，念酒坐尚温琴歌頓杳，老夫何忍拜公祠！

彭母常恭人輓聯

恭人爲剛直公子婦，後公四月而卒。其長女歸余孫陛雲，今年四月中因剛直公卒而歸，得侍湯藥者兩月。

阿翁椿蔭初積，正期獨力持家，手理田園，兼以一經傳膝下；

有女蓬門遠嫁，猶幸先期歸省，躬親湯藥，尚能兩月侍牀前。

張子青相國八十壽聯

相國生於七月八日。

郭汾陽遇天孫後一日；
文潞國相元祐前四年。

包子莊孝廉輓聯

余辛亥年避兵定海，與孝廉同乘火輪船至滬上，半夜有風濤之警，距今三十年矣。孝廉卒於安慶，書此輓之。

滬瀆避烽煙，半夜怒濤還如昨；
皖江傳噩耗，卅年舊雨又亡君。

汪母倪太夫人八十壽聯

夫人生於十二月二十七日，先期於十月稱觴，是日適爲其孫納婦也。

秋鬢緑如初，萱壽八旬，看膝下文孫，剛好迎將新婦至；

臘鐙紅欲近，梅花數點，爲堂前愛日，故教移到早春來。

蔣澤山大令輓聯

澤山爲生沐先生子。先生即刻《别下齋叢書》者也。澤山登乙亥賢書，與定海黄以恭、諸暨陳偉、東陽龔啓蓀、仁和徐琪、馮崧生、錢唐汪行恭、丁立誠皆肄業詁經精舍，榜後有「俞門八儁」之目。余初不知之，其子初民茂才所撰行述言之，當不誣也。澤山後以知縣仕廣東，光緒己丑充鄉試同考官，出闈大病，旋卒。

八儁出吾門，如君自有家傳，别下齋中淹雅共推名父子；

一官職民社，到死不離文字，至公堂上辛勤還似秀才時。

凼亭鄉侯廟聯

凼亭鄉侯蔣澄，字少明，東漢初人也。其父横，佐光武平赤眉之亂，後以讒死。九子皆徙江南，侯其第九子也，居陽羨，以父讎未復，恒鬱鬱。帝憐之，爲誅其讎，封侯爲凼亭鄉侯。明帝時立廟回圖，至今存焉。有唐至德二年碑，其裔孫乞書祠聯，録碑文見示。碑僞不足據，然《萬姓統譜》所言與碑大略相同，姑據碑文爲撰是聯。碑云澄爲蔣詡五世孫，故用三徑竹事。

周公苗裔，漢室侯封，溯當年志復父讎，忠孝兼全，不媿元卿三徑竹；
陽羨寓廬，回圖廟貌，看此日福流里社，烝嘗勿替，長存至德二年碑。

應敏齋廉訪輓聯

敏齋官江蘇，仕至按察使，未竟所施而去。余與同舉於鄉，又同庚，今年皆七十矣。不謂其遽以微痾謝世也。

溯治績在三吴，是宜開府開藩，與湯陸諸賢長留民愛；
享遐齡剛七袠，我亦同庚同榜，哭牙期老友兼歎吾衰。

許星臺方伯賀聯

今年九十月間，方伯夫人大病幾危，幸而無恙。一孫入泮，一孫授室，書此賀之。

十月小陽春，阿翁老而矍鑠，阿婆病後康强，金母木公雙福壽；
全家大歡喜，一孫秀擷芹芬，一孫香圓蘭夢，青童玉女衆神仙。

季碩女史輓聯

季碩姓曾氏，歸張子瀫祥齡，古之所謂「女士」也。能詩畫篆隸，且優於德，著《婦禮通考》一書，未竟而卒。病中有句云：「伏生老去傳經倦，願作來生立雪人。」爲余作也。

婦禮補三通，夫壻多情，筐篋零星尋舊稿；
清才兼衆妙，老人何幸，門牆立雪訂來生。

任母吴〔一〕夫人輓聯

夫人爲任筱園中丞之配，久病不瘉，至今歲而卒。其女孫許嫁於劉氏，及吉期而夫人卒，乃於夫人大斂之後，至舟中遣嫁焉。

疾疢已多年，頓教夫壻衰齡，寂寂繐帷哀永逝；
悲歡同一日，堪歎嬌孫新嫁，匆匆畫舫賦催妝。

姚彦侍方伯輓聯

方伯以農部起家，仕至廣東布政使，罷歸。今年有旨引見，未及行而卒。

有詔欲趨朝，絲竹東山，猶以蒼生存遠志；
斯人不開府，疆理南海，深爲聖世惜良材。

〔一〕 吴，原空缺，據李鴻章《任道鎔爲其故妻建坊片》補。

嚴伯雅太守輓聯

伯雅以太守需次江蘇，能詩，有《養花館詩稿》十二卷，甫刻成而卒。其妹爲皖撫沈仲復夫人，同時謝世。其弟緇生太史各以一聯輓之，頗沈痛，傳誦於時。

吟草刻初成，才名空滿江南，未許詩人真領郡；
同枝吹並折，噩耗又傳皖北，那教老弟不傷心？

沈室嚴夫人輓聯

夫人爲皖撫沈仲復之配。仲復奉命署兩江總督，未赴而夫人卒。其從前寓居吴下耦園，有聽櫓樓，有鰈硯廬。鰈硯者，仲復得一異石，文理自然成魚形，剖而琢之爲二硯，硯各一魚，與夫人分用之，故曰「鰈硯」，而即以顔其室云。

雙節拜新恩，雨花臺畔旌麾，惜未魚軒同戾止；
耦園尋舊夢，聽櫓樓頭燈火，不堪鰈硯再摩挲。

曾忠襄公輓聯

光緒十六年十月，兩江總督曾公薨。公爲文正公介弟，其功業在國史，無待臚陳。歿後恩禮優渥，贈太傅，謚忠襄。溯曾氏一門，父子兄弟得謚法者五人，建專祠者四人，贈太傅者二人，不獨我朝所罕，求之列代亦爲僅見矣。

耀旂常虎武龍文，溯始事於楚，告成功於吴，又有大造於晉，至去年霖雨奇災，仁粟義漿兼施兩浙；

鍾靈秀三湘七澤，予謚法者五，建專祠者四，晉贈太傅者二，數列代淩烟盛蹟，玉昆金友足冠千秋。

許子喬刺史輓聯

子喬官山東東平州知州，移牧膠州，未赴而卒。生數子皆夭，一女僅十齡。孀妻扶櫬，由運河南下。然在東平頗有政聲，張朗齋中丞據以入告，敕於東平舊治建立專祠，亦不虚死矣。

有兒早夭，有女猶雛，最憐縞素扶棺，一路風霜共南下；

惟帝念功，惟民感德，想見黔黎拜廟，千秋俎豆在東平。

韓母王太夫人輓聯

太夫人自言忠孝節義萃于一門。蓋其夫以百夫長死難，己守柏舟之節，諸子能手刃父讎，而舊時僕媪相依、流離不去故也。諸子中次子晉昌官永州鎮總兵，三子慶雲官江蘇候補道、曾署糧道最知名。總戎入覲，皇太后詢及太夫人年歲，晚年又以捐資助賑，敕建「樂善好施」坊，亦備及哀榮矣。

忠孝與節義萃于一門，好施樂善，綽楔褒揚，更有仁聲動朝野；

壽富至考終合成五福，武達文通，兒孫鼎盛，曾邀天語問年齡。

丁月湖先生輓聯

先生名寶書，吴興耆宿也。精於目録之學，宋元舊籍收藏繁富，校勘精詳，著述之志甚盛。潘嶧琴學使續刻《兩浙輶軒録》，屬先生採訪湖郡之詩，得數百家，尚擬再訪，未竟而卒。

溯乾嘉以來學派相承，惟先生鉛槧精詳，當世同推真種子；
歎苕霅之間風詩誰採，想使者輶軒悵望，此邦頓失老成人。

潘伯寅尚書輓聯

伯寅以文恭公之孫，由翰林起家，入直南書房，官至工部尚書兼管順天府事。愛士憐才，崇尚經術，引掖後進，有古大臣風。今年順天府屬災於水，每對災黎爲之泣下，爲籌振濟不遺餘力，亦可謂以死勤事者矣。

以宰相孫供奉翰林，數十年老書房，憐才愛士自任斯文，物望重朝端，八百孤寒同感泣；

拜司空公兼領京兆，五六月大霖雨，禦患捍災不遺餘力，遺章聞闕下，九重恩禮異尋常。

陳舫仙廉訪六十壽聯

舫仙爲湘軍宿將，勛望頗重於時。兩江制府曾忠襄公薨於位，舫仙實總領湘軍，頗藉其鎮撫之力。

莅吴會名區，矍鑠六旬翁，笑聽綺席清歐，對臘鐙酌春酒；
數湘軍宿將，崎嶇百戰後，行拜彤廷〔一〕恩命，持玉節鎮金陵。

表姊姚恭人輓聯

姊爲平泉舅氏長女，吾母之兄女，而吾婦之女兄也，年八十有四。其仲子子雲孝廉爲山東泰安州書院山長，其季女歸許子衡大令，隨宦雲南，姊年來深以爲念。

〔一〕廷，原作「延」，據文意改。

至親關中表，生小相依，於吾母爲姑姪，於吾婦爲弟兄，往事不堪再回首；
上壽近期頤，全歸何憾？有愛女在滇南，有愛子在山左，暮年未免兩懸心。

朱蓮生明經輓聯

蓮生曾游於黔，客興義府張春潭觀察幕中。會苗民不靖，以一書生率偏師收復普安縣城。總督吴文節公欲爲請奬敘，謝不受。乃奏保光禄寺署正銜，從其志也。暮年居上海，充求志書院副監院，每課必與焉。余忝主求志講席，見其所爲經解洋洋萬餘言，甚奇之，輒置之前列。蓮生執弟子禮甚恭，然實長於余四歲也。年七十五而卒。

功成一笑，不慕侯封，從前鐵馬金戈，竟以頭銜六品老；
齒長四齡，謬叨師事，此後青燈黄卷，更無手稿萬言來。

郭筠仙侍郎輓聯

侍郎由翰林起家，權廣東巡撫，内歷禮、兵兩部侍郎，充出使英法大臣，經濟學問見重一時。余丁酉同年，又翰林前輩也。

爲翰苑爲封疆爲海外輶軒，青史長留不朽事；
是同年是前輩是楚中耆宿，白頭頓失老成人。

嚴芝生同年七十壽聯

芝生於八月下旬生日，而於月初爲文孫娶婦。贈以此聯，祝而兼賀也。

一雙嘉耦小比肩，堂上拜生朝，閨中慶滿月；
七十老翁大稱意，今年娶新婦，明歲抱曾孫。

高力臣總戎六十壽聯

力臣爲湖北漢陽鎮總兵，九月十六日其生日也。

玉帳漢江秋，過重九佳節登高，拜九重恩命；
金樽明月滿，正十六良宵既望，慶六十生辰。

許星臺方伯輓聯

余與方伯交最久，前贈諸聯言之詳矣。今年奉詔入都，卒於通州，僅一孫侍側，是可悲也。

領郡始豫章，而吴中而浙中，陳臬開藩兼權節鉞。白首老同年，十載過從，回思話别衙齋猶如前日事；

克家得賢子，有文孫有曾孫，珠蘭玉樹森列庭階。黄粱大春夢，三更旅館，堪歎送歸泉壤僅一小同存。

朱璞山封翁輓聯

璞山官太湖同知，素負吏才，未竟其志。有二子皆美材，其長君伯華觀察，余門下士也。璞山與余皆生於道光辛巳歲，是歲於正月二日立春，而其生也猶在立春之前。星命家仍以庚辰大寒論，則視余若長一歲矣。

抱此才略，惜無此遭逢，尚餘伏櫪雄心，有子幸能成父志；
長我一年，實與我同歲，等是懸車暮齒，哭公兼亦歎吾衰。

郭汝雨明府輓聯

汝雨由廣文改知縣，署常熟縣。既受代，民欠二萬餘千，是歲又值水災，乃慨然曰：「民困如此，再擾殘黎，不如身任之。」乃以官款墊之，如民欠數，民得免而身累矣。然郭固閩鉅族，汝雨有九子六孫，第五子曾焜已舉於鄉，繼起未艾也。

自秉鐸至鳴琴，生平惟盡所當爲，早已感孚徧遐邇；
不病民甘累己，造物將何以圖報，請看繼起衆兒孫。

戚母錢太恭人輓聯

太恭人爲戚英甫同年室，錢衎石先生女也，能詩工書，且善分書。咸豐初，余與英甫同官翰林，兩家眷屬擬結伴入都。而英甫奉諱歸，不果，旋亦即下世矣。其子人銑以刑曹官京師，而恭人自與少子居家鄉。今年病歿，年七十有九。

已逾七袠遐齡，止爭一歲光陰，竟不少延登耄壽；
頓觸卌年舊夢，回憶兩家眷屬，曾謀結伴到京華。

鮑伯熙太守輓聯

太守爲華潭中丞之子。曾文正公年終考語有「世家子弟，能耐勞苦」之語。署九江守，卒於官，年未六十也。卒後三日，其側室高氏仰藥以殉。

官止二千石，壽未六十年，方期幢引碧油，重紹家聲開幕府；
帝知佳子弟，民歌賢父母，誰料樓成白玉，并教房老殉泉臺。

李少荃傅相七十壽聯

五百年名世之才，上緯天維，下理地軸；
七十載從心所欲，西摩月鏡，東弄日珠。

又

以黄閣老臣兼青宫太傅，九畿坐鎮，五等崇封，德威及萬里遐陬，翻笑唐李郭、宋范韓，勳業事功不離寰宇内；
先元宵十日祝上相千秋，梁案齊眉，謝庭繼武，恩禮自九天下逮，遠軼漢張蒼、魏羅結，富貴壽考再届古稀年。

崧鎮青中丞六十壽聯

中丞今年五十有九，豫祝焉。是年公弟錫侯中丞開府蜀中，弟兄同時兩巡撫，搢紳榮之。

先一歲祝六十生辰，正玉昆金友同領封疆，當代合肥堪媲美；
爲兩浙籲九重恩命，就越水吴山特開制府，昔年敏達與同符。

寶文靖公輓聯

佩蘅相國寶鋆，謚文靖，丁酉同年也。五六歲時其封公口授以《金剛經》，即背誦不遺一字，可知真靈位業中人，自有宿根矣。

五十年同歲生，平時悵舊雨稀逢，一旦驚台星驟隕；
廿四考中書令，早日擅金經宿慧，千秋垂青史賢名。

賀雲甫御史大夫輓聯

雲甫亦丁酉同年，罷官後僑寓天津，年八十二而卒。其孫於今科中式京兆榜第二名，猶及見之也。

享大年兼備達尊，三看賢孫折桂而回，白髮重親，正喜滿門皆杞梓；
歎同譜又凋碩果，一從文靖騎箕之後，黄壚再慟，自憐暮景亦桑榆。

查子伊貳尹輓聯

子伊以微員需次吴中，去年臘月二十九日卒於震澤縣丞署。其子燕緒，余孫陛雲同年，時充日本使臣隨員。

以微員薄宦吴中，最憐風冷具區，臘鼓送回仙吏舄；
有令子壯游海外，誰料電飛列缺，星槎催返孝廉船。

劉文楠觀察輓聯

文楠當金陵不守時，其父母弟妹死寇難者十餘人，感而投筆從戎，積功至觀察，其才略之優可想也。

承一門忠烈之餘，投筆從戎，公憤私讎皆得盡；
歷卅載艱難而起，蓋棺定論，文才武略兩俱優。

清溪書院講堂聯

時吾邑修葺書院，董其事者屬書此聯。

合天目苕溪諸勝，龍飛鳳舞而來，鍾毓英才宜此地；
承朏明方虎之遺，經術文章相望，纘修舊業在羣賢。

王氏長外孫喜聯

王氏長外孫念曾，字少侯，娶許氏二外孫女爲婦，於正月十六日成禮。顧而樂之，爲書此聯。

十六良宵對明月金尊，還如元夕；
一雙嘉耦看春風玉樹，總是孫枝。

許室施恭人輓聯

許子社明經之配也，平日喜持齋念佛，於十二月初九日微笑而逝，室中有旃檀香。

過臘八日含笑歸真，但有旃檀香不滅；
誦元九詩傷心營奠，定知虚幌淚難乾。

羅景山軍門輓聯

軍門以軍功起家，官至福建福寧鎮總兵，升福建提督，調湖南提督，罷歸，復起仍爲福寧總兵。壬申之歲，先兄壬甫守福寧，余往省太夫人起居。軍門正官福寧鎮，一見如故，觴余於望海樓，出所著《思痛録》見示，蓋紀嚴州戰事也。先兄旋卒於福寧郡署，乃至今年軍門亦卒於福寧鎮署。追念舊游，爲之泫然。

崎嶇百戰後，飛揚大纛高牙，浙閩草木都仰威名，猶不忘嚴陵城外數載艱難，往事重提，示我親編思痛録；

荏苒廿年前，省識輕裘緩帶，褒鄂英雄更饒儒雅，試回憶望海樓頭一樽談笑，舊游如夢，哭公兼慟對牀人。

廣化寺大殿柱聯

寺在孤山之陽，唐宋人所稱孤山寺也。初名永福，陳文帝天嘉元年建。唐元和十二年僧惠皎鎸《法華經》於寺之石壁，長慶四年畢工，元微之有記。宋大中祥符間始改名廣化寺，有辟支佛塔。

建刹傍孤山，溯天嘉永福初基，試與尋長慶殘碑，讀微之遺記；
題楣仍廣化，還大中祥符舊觀，願重立辟支古塔，刻法華真經。

李黼堂方伯輓聯

黼堂以江西藩司護巡撫，謝病歸。著《國朝耆獻類徵》一書，卷袠繁富。往年曾寓居浙江，於孤山築芋禪精舍，即在俞樓之後。

謝節鉞以歸來，徵文考獻，遂有成書，大筆千秋垂信史；
愛湖山而寄寓，煨芋談禪，長留名蹟，小樓一角附芳鄰。

竇母張太恭人七十壽聯

太恭人乃甸膏大令之母。甸膏爲河内人，余從前視學中州，曾來應童子試，以試卷污墨，遂將所作文與同縣范君，余竟取入府學，而甸膏又遲十年乃入學。曾以諸生從戎，有戰績。今以縣令官吴中，七月三日爲其母稱觴，因贈是聯。

趁七月新涼，祝阿母壽到期頤，齒杖榮頒，寵命定從天上至；
憶卅年舊事，看令子材兼文武，牙琴虚賞，英雄未入彀中來。

樂峯中丞母太夫人七十有八壽聯

樂峯中丞奎俊自山右移節吴下，於六月初五日至吴。前一日太夫人生日也，行年七十有八矣。是年閏六月，乃補以此聯壽之。

使節帝移來，鸝坊鶴市，羅拜慈軿，見説七旬剛晉八；
壽觴天補與，雪藕冰桃，重開家宴，又看六月過初三。

莊芝田大令輓聯

大令曾從戎，有戰績。其先德官浙中，故大令亦筮仕於浙。余孫兒陛雲入學時，適知吾邑，取第二。

於從戎見戰績，於從政見吏才，溯先世治譜傳家，又以循良達朝聽；
在吾邑爲父母，在吾家爲師友，記小孫童年就試，曾因文字受公知。

浣花夫人祠聯

江叔海自蜀中書來，言浣花溪上新建冀國夫人祠，欲余撰一聯寄刻祠中。夫人乃唐時崔寧妾任氏，寧入朝，留其弟寬守成都。楊子琳乘閒襲據其城，寬戰，力屈。任募士自將以進，子琳大懼，遁去。新舊《唐書》並載此事，然未言封冀國夫人；《楊升庵集》言成都浣花溪有石刻浣花夫人像，三月三日爲夫人生日，傾城出游，亦止稱浣花夫人，冀國之號未知何代所封也。

新舊書未詳冀國崇封，但傳奮臂一呼，爲夫子守城，爲小郎破賊；
三四月歷數成都盛事，且先遨頭大會，以流觴佳節，作設帨良辰。

詁經精舍式古堂聯

詁經精舍講堂西偏有便坐焉，余題曰「式古堂」，并撰是聯。

與諸君拜許鄭先師，敢以空談荒實義？
爲昭代存乾嘉學派，須知經術即文章。

虎丘魁星閣聯

七月七日爲魁星生日，見國朝施可齋鴻保《閩雜記》。蓋閩中龍巖州有此説，他處不知也。吴下虎丘新建魁星閣落成，余題是聯，庶此説傳播三吴乎？

勝地傍虎丘，更登百尺樓臺，已近九霄通瑞氣；
奎光射牛斗，願共三吴儁艾，長從七夕拜文星。

于室張孺人輓聯

孺人名祖綬，字緑硯，于香草明經之室也。能詞翰，兼通經義，香草治經，得其襄助者爲多。嘗課其女誦《毛詩》，遂著《詩問》二卷，亦女而士者也。

廿一年佐夫壻治經，似此倡隨能有幾？三百篇爲女兒課讀，至今箋注尚如新。

廣東學使署光霽堂聯

爲花農題。聯中事蹟均見花農詩紀，不具録。

四面敞園林，看喻學有齋，校經有廬，以及瑞芝簃外，仙石亭中，好景無邊，都向此堂呈勝概；

九霄下鸞藻，溯大興之翁，儀徵之阮，上而米老題詩，雪翁葺屋，前徽未遠，更欣繼起得名流。

任小沅中丞七十壽聯

中丞曾官浙江布政使，後至浙江巡撫。

屏藩節鉞半生來，宦蹟兩至吾鄉，僚友曰善，士林曰善，閭閻曰善；
香山放翁七十歲，詩篇並爲公壽，富貴中人，風雅中人，神仙中人。

彭岱霖觀察輓聯

觀察爲文敬公之子，宦游吾浙。其生也以十月十七日亥時，其殁也亦同之。且其臨終處分身後事，神色湛然，若有甚異者，亦必生有自來者也。今年春曾偕吴清卿中丞訪我於俞樓，清卿爲余門下士，而觀察又出清卿之門，清談良久，進小食點心而别，不謂此别遂千古也。

宰相之子，儒雅風流，春閒過我清談，卮酒杯羹，敢謂門生出門下；

神仙中人，去來自在，身後傳君奇事，縣弧屬纊，不徒同日又同時。

朱伯華觀察輓聯

伯華曾從余游，庚申春蘇州失陷，同出危城，轉徙至越中，相依一載有餘，呼内子姚夫人爲母。後以孝廉出爲監司，署直隸清河道者一年，加二品銜，李傅相頗倚重之。未登中壽而卒，惜哉！

昔年曾患難相依，從吴下轉至越中，辛苦道塗，同留此烽火餘生，何異一家骨肉；
壯歲以孝廉筮仕，由郎署出爲觀察，勤勞王事，止博得清河小試，兼叨一品頭銜。

錢子密侍郎七十壽聯

子密乃子方同年之弟也，受曾文正知最深，在兩江幕府垂二十年。後入都供職，值樞廷，累遷至工部侍郎矣。子密小於余三歲，戒余勿自稱弟。而每與通書輒忘之，仍自稱弟，乃加罤字於上，作「䨵」字，曰：「周人稱兄曰『䨵』也。」今年子密七十生日，書此聯壽之，并述前語爲戲。

樞廷宿望，戎幕舊游，衣鉢得真傳，會見兩江來建節；
八秩初開，三年忝長，軒楹題吉語，不辭一笑再書箋。

徐壽蘅侍郎七十壽聯

侍郎視浙學時，曾以余文章學問力薦於朝，余固不知也。及侍郎以此得嚴譴，余始知之，乃與書曰：「此事姑置之，五百年後自有定論耳。」今侍郎年七十矣，六月五日其生日也。書此壽之，并及前語，以爲一笑。

七十歲古稀，庭院清涼，好引碧筒招客飲；
五百年論定，文章道義，可容青史附公傳。

李母陶太淑人輓聯

淑人生於嘉慶二十二年丁丑，殁於光緒十八年十二月，月建在丑。又曰「吾於丑時歸」，及卒，果丑時。早寡，無子，抱夫弟之子爲子。其夕夢人以榴實示之，拈其一子，及所抱子來，目有紅點。生平言笑不苟，每謂物力艱難，不可不惜，食畢輒令人於案下檢尋遺粒。其嗣子名濱，官浙中，仕而不廢學，亦佳士也。

生丑年，殁丑月，又豫訂丑時，平居懿美不勝書，小物克勤，珍此稻匙一點雪；
始賢婦，繼賢母，遂教成賢子，異時造就未可量，循聲大起，拈來榴實十分紅。

張勤果公祠聯

公立功西域，薨於山東巡撫之位。相傳爲張桓侯轉世，見於蒯士薌廉訪所譔岳忠武祠聯跋語。蒯其至親，當不誣也。

唐留姓，宋留名，又爲熙朝鍾閒氣；
太山雲，天山雪，長於浙水護靈旗。

彭剛直公衡州專祠聯

公西湖專祠余已爲題聯矣，聞衡州祠成，又寄此聯。

儒雅是書生，英武是宿將，赤心許國是社稷臣，長留俎豆旂常，突兀崇祠壯南嶽；
發軔在湘中，轉戰在江上，白髮籌邊在嶺海外，追數艱難辛苦，淒涼老友哭西湖。

盛旭人方伯八十壽聯

方伯之哲嗣杏孫觀察亦行年五十矣，方爲天津海關道。明年恭值皇太后萬壽慶典，方伯由天津入京祝嘏，必與在籍九老之列。蓋慶典例有文九老、武九老、在籍九老，謂之「三九老」云。

與賢郎合作百卌齡，疊舉兕觥上壽；
看明歲徵爲三九老，同扶鳩杖趨朝。

許星叔尚書輓聯

星叔以内閣中書起家，官至尚書軍機大臣，以微疴遽卒，贈太子太保，謚恭慎，亦備極哀榮。其明年恭遇萬壽慶典，樞廷諸臣皆膺異數之恩，則君不及矣。

起家直閣，秉政樞廷，中外交推，洵不愧丁卯橋百年喬木；
疊晉宫銜，茂膺謚典，哀榮備至，惜未逮甲午歲萬壽恩綸。

聶仲芳廉訪四十壽聯

廉訪爲曾文正公之壻，由蘇松太道遷浙江按察使，行年四十，正萬壽慶典之年也。

九重大慶延及臣家，一時中外豔傳，謂吾師文正公真能擇壻；
四十華年晉陳臬事，此後勳名鼎盛，是本朝咸同後繼起名臣。

潘母汪太夫人輓聯

太夫人爲文恭相國季子婦，年至八十，未逮生日而卒。

出自名門，嬪於相門，慶典躬逢，鳩杖方期頒内府；
生在冬日，殁當秋日，耄齡已届，兕觥未及進華堂。

宋母彭夫人八十壽聯

彭夫人爲宋叔元觀察德配，長子樹之筮仕吾浙，次子澄之應試金陵，皆有時譽。八月十四日其生日也。

看長君鵲起，聽仲子鹿鳴，都爲萱堂添福壽；
距百歲廿齡，先中秋一日，長斟桂醑祝期頤。

許子社明經輓聯

子社於今年元旦作五言絶句一首，句首冠以「甲午大吉」四字，和者甚衆。

大吉竟無憑，空流傳甲午元旦；

舊游能有幾，又凋零丁卯詩人。

孫鏡江吏部輓聯

鏡江以進士官吏部，改以知縣，官江西，罷歸，以安定書院山長終。性嗜金石，嘗以同鄉吴氏所藏齊侯罍謂考訂有誤；又好散氏盤銘，命其女公子摹之書扇面見贈。今年來見我於右台仙館，其名刺乃鐘鼎文也。

登進士第，官吏部郎，花縣歸來竟以山長老；

摹散盤文，訂齊罍誤，草堂投刺早作古人看。

沈仲復中丞輓聯

仲復以安徽巡撫内召，於姑蘇小住，即擬入京，恭祝皇太后萬壽。未及啓行，以疾卒於蘇寓之耦園。

謝玉節以歸來，盛典恭逢，正擬衣冠趨北闕；
愛金閶而小築，名園大好，不堪絲竹冷東山。

潘偉如中丞八十壽聯

中丞由微秩起家，官至貴州巡撫。引疾家居，年登八秩，七月之望乃其生日。夫人沈氏白首齊眉，亦佳話也。

任封疆萬里，受知遇四朝，備歷官階到開府；
距百歲廿年，先中秋一月，安排家讌祝齊眉。

又輓聯

中丞生日後逾一月旋卒，遺疏入，詔視巡撫例賜卹。

溯縣弧彀旦，到撤瑟靈辰，一月光陰歌泣異；
從牧令起家，以封疆致仕，九重恩禮始終全。

于母姚孺人七十壽聯

孺人爲于香草明經之母，七十生日，戒勿稱觴，命以所費周親族之貧者，香草因請余書此聯壽之。聯中云云皆述孺人之言也。

幼承祖訓，老授孫書，謂兒勿急科名，課爾曹三百篇毛詩殊有味；
年届古稀，月逢瑞臘，爲吾小賙鄉里，道我母八十歲耄壽未稱觴。

桐山居士七十壽聯

居士名鳳瑞，字桐山，號如如老人。杭州駐防，曾刻小印曰「曲園門下走狗」，亦旗營中一老詩人也。今年七十矣，以詩稿見示，并乞壽聯。書此贈之，其生日爲十一月二十三日，乃冬至前三日。

讀卮言七章及襍言諸篇，想見其人嶔崎歷落；
前陽生三日爲先生上壽，從今以往耄耋期頤。

王母周太淑人輓聯

太淑人爲王可莊太守之母。其始歸也，及事祖舅文勤公，隨宦歷秦晉蜀，而荆布如寒素。晚年子孫森立，長君可莊以進士第一人出守鎮江，移守蘇州，皆有惠政，至今遺愛猶存。

隨秦晉蜀使節歸來，依然裙布釵荆，不媿文勤家法；

有子孫曾英材繼起，看取召棠郇黍，常留吴會名區。

陸存齋觀察輓聯

存齋以觀察使官廣東、福建，咸以大用期之，而竟不果。然收藏書籍，富甲海内，亦足以豪矣。

歷官閩粵，聲望滿朝中，大可由柏署薇垣到開府；

舊籍宋元，收藏冠海内，忍抛却曹倉杜庫去修文。

朱母陳太淑人輓聯

淑人爲朱萍華大令之母，年八十一而終。有三子兩孫，其長君先卒。

生甲年歿甲年，上壽八旬，去歲曾經進春酒；

子二人孫二人，考終一笑，長君先已待泉臺。

楹聯録存四

孫琴西同年輓聯

琴西以翰林直上書房，出守安慶，歷官至江寧布政使，以太僕卿内召，引疾歸。工詩文，兼喜校刻其鄉先輩遺書。與余爲丁酉、甲辰、庚戌三次同年，雖學術門户不同，而頗相得。年至八十而終。其官翰林時，再上封事甚切，非徒以文學見者也。

數丁酉、甲辰、庚戌三度同年，洵推理學名臣，内官禁近，外任屏藩，晚以太僕歸田，老去白頭重游泮水；

刻横塘、竹軒、水心諸家遺集，自任永嘉嫡派，文法桐城，詩宗山谷，更有封章傳世，將來青史豈僅儒林。

廖穀士中丞六十壽聯

中丞以二月十六日生，時方撫吾浙。

春滿浙東西，百五韶光，鍾五百名世；
月明弦上下，十六望日，慶六十生辰。

余母程太夫人輓聯

太夫人爲余古香觀察之母，正月八日生，年八十九而卒，已有玄孫，惜其子皆前卒矣。

耄耋届九旬，止欠一齡，正擬壽筵開穀日；
曾玄羅五世，僅虚一代，已堪人瑞告楓宸。

沈母蔣太夫人輓聯

太夫人爲雪門先生之配，光緒二十年，年九十有七，遵例計閏作爲一百歲。奏建百歲坊，并奉旨加賞上用緞一匹、銀十兩。至二十一年五月而卒。有子二人，孫十三人，曾孫十五人，玄孫三人，可稱全福矣。

賜壽有加隆，上溯嘉道咸同來，計閏一百零一歲；

歸真無遺憾，俯看子孫曾玄輩，送終三十又三人。

林篤甫太史輓聯

太史自貴州學政罷歸，即僑居吴下。其先德夢一僧入室，而生太史；去年又夢受命爲揚州府城隍，或不誣也。臨卒前二日猶向其妻弟惲季文内翰問余安否，亦可感矣。

同館論交情，又兼同寓胥閶，垂死病中猶念我；

前年徵夢兆，更溯前身寒拾，歸真去後定成神。

朱焕文總戎輓聯

曾忠襄收復金陵時，從龍脖子地道首先衝入者焕文也，而敘首功竟不之及，時論惜之。其任雲南鶴麗鎮，曾發火槍斃一虎，繪殺虎圖，余有詩存集中。乙未夏防寇海上，卒於軍中。

海上落大星，爭傳當日戰功，匹馬衝開龍脖子；
吴中懷舊雨，聽話平生快事，一槍擊斃虎於菟。

楊石泉制府七十壽聯

制府時督陝甘，九月九日其生日也。從前六十生辰，上賜以四字額，曰「巖疆錫羡」，想古稀之慶，錫賚必有加矣。

柱石久銘勳，逢重九節，拜九重恩命；
巖疆仍錫羡，賜十七物，祝七十生辰。

瓜爾佳那拉太夫人輓聯

太夫人爲奎樂峯中丞之母。中丞由蘇撫調陝撫，奉母北上，行次上海，待輪船，未發，太夫人暴疾卒，時七月七日也，年八十有二。

一品紫泥封，三吴移駐三秦，海國飈輪剛待展；
八旬黄髮壽，七月適當七日，天孫雲錦遽來迎。

陸母程太夫人輓聯

太夫人爲陸鳳石祭酒之母。鳳石在京，因母老乞歸，歸未兩月而太夫人卒矣。鳳石乃吴中舊家，康熙二十四年乙丑狀元名肯堂者，其八世祖也。至同治十三年甲戌，而鳳石亦魁天下，吴人稱之。

當年以狀元母撤穀城頭，鄉里豔傳，重振大魁舊門第；
有子爲國學師陳情闕下，君恩終養，是稱全福太夫人。

吕庭芷同年輓聯

庭芷爲余庚戌同年，入翰林時年止二十有三。然在京供職時甚少，曾從左文襄於甘肅軍中，又在閩筦船政事，奔走半生，去年始簡放永定河道，未之官，卒於家。

回憶登金榜入玉堂，我正三旬，君甫越二旬，角逐青雲，垂老追思都是夢；
最憐走甘涼游閩嶠，西行萬里，南亦數千里，奔馳白首，真除虚拜未之官。

陸母徐太夫人輓聯

太夫人爲陸星農同年之配。星農乃庚戌榜大魁也，其子孫頗盛，去年一孫舉於鄉，今年兩孫又同入學，而其次君蔚亭太史又新授漢中府知府。太夫人年八十矣，乃以六月二十四日生，而以六月十四日卒，幸其家已先於四月稱觴矣。

梅魁門第尚有清風，一孫攀桂兩孫採芹，更報次君以二千石領郡；
蓮界往來皆宜長夏，廿四生辰十四忌日，幸先三月爲八十歲稱觴。

許蔭庭觀察輓聯

觀察乃恭慎公之胞弟，生平篤好内典，年六十六而卒。

古稀將届未滿四齡，如何慧業已終，佛坐催歸大弟子；
恭慎云亡甫逾兩稔，誰料德星又隕，鄉閭頓失老成人。

嚴母周太夫人輓聯

太夫人爲石阡太守之配。太守死寇難，夫人撫其孤子，以至成立。其子開第時，生甫六月，今亦官觀察矣。乙未五月，值太守忌日，夫人作詩云：「教子成名慰九泉，佳兒端不負君賢。怪他天上輕離别，棄我於今三十年。」是歲竟卒。所著有《硯香閣詩鈔》，又平時最敬岳忠武王，撰《精忠傳》彈詞四十卷。

劍負兒已繼家聲，卅載暌違，嘉耦依然共瑶蟲；
硯香閣流傳遺稿，萬家彈唱，粹編更爲補金陀。

汪耕餘觀察輓聯

耕餘由縣令起家，以道員需次江蘇。所居有小園，花木頗勝。余每詣之，必飲以洞庭山僧所餉碧羅春佳茗。蓋耕餘宰吴縣時，曾有德於山僧也。

官從牧令起家，踌歷監司，黄歇故墟頌餘愛；

居有園林之勝，每來便坐，碧蘿新茗佐清談。

趙母鄧太恭人輓聯

太恭人爲鄧嶰筠制府之女，歸趙惠甫刺史。其嫁時奩裝甚盛，盡以佐家，不蓄私囊。自幼即博習羣書，然未嘗以詩文自炫；能繪仕女，亦不輕爲人作也。

袁倫始嫁，資遺甚豐，不蓄私財，盡出奩裝佐家計；

徐淑能文，丹青兼擅，恥留虚譽，惟將著述助夫君。

鄭聽篁同年輓聯

余與聽篁同副道光丁酉賢書，及余於甲辰舉於鄉，而聽篁又中副車，凡三登副榜，而後舉孝廉，成進士，始官刑部，繼入諫垣。一生謹慎，同官皆重之。少時曾受業於先君子之門。有三子，長君與樑已官工部矣。

自丁酉至甲辰兩回同到月宫，溯文字因緣又向先君親受業；
由刑曹而臺諫卌載服官日下，論平生謹慎固宜後輩克承家。

孫師母趙夫人七十壽聯

趙夫人爲余房師孫文節公之配，今年十二月值其七十生日，書此聯壽之。文節公曾官吏部侍郎，故人目其所居爲天官第云。

披一品服稱七旬觴，臘鼓頻催，已轉青陽新節序；
唱王母謡登天官第，仙籌遥獻，尚存白髮老門生。

賀室樊夫人輓聯

夫人爲賀仲愚太守之配，久病不瘳，遂至不起。時太守奉差江右，得信馳歸，距夫人之卒久矣。余大兒婦乃其胞姊，十月中在杭州相别，猶云明年再見，亦可悲也。

痼疾四年餘，痛遠道征夫殘臘馳歸，未及一言成永訣；
賢聲三黨徧，歎吾家兒婦小春握别，猶將再見訂重來。

金友筠處士輓聯

友筠名文潮，青浦人，與余神交十年，書問頻通，而未一面。年逾六十，衰病相乘，猶謂明春如小愈當來蘇一見，以遂平生之願，竟不及也。其婦先數月卒，其子名詠榴，頗有聲庠序間。

十餘年老友兩心相契，半面未謀，衰病已難支，猶冀明春見我；
六鰥外考終與婦偕行，有兒繼起，顯揚應可待，愧無巨筆傳君。

沈母錢太夫人輓聯

太夫人爲笛伊太守之母，年六十五歲，於正月九日卒於金陵寓館。有孫三人。

周甲又五齡，欣看子舍黄堂率總角三孫來舞綵；

建寅纔九日，悵望慈軿白下先上元七夕去游仙。

曹錦濤孝廉輓聯

孝廉曾主寧波船捐局，賊勢逼近，凡海船之不得出口者一夕給牌放行，全活數千人。精岐黄術，傳其長子元恒，以醫名吴下。餘二子皆成進士，福元官編修，元弼官内閣中書。

活數千人傾側擾攘之中，豈惟是肘後一編堪濟世；
送七十翁福壽全歸而去，最難者膝前三子盡知名。

朱象甫喜聯

象甫爲竹石觀察之子，娶嚴琴墅孝廉女，二月十六日於吴中成禮。

門第紫陽高，百兩香車分到嚴陵清氣；
園林紅杏鬧，一雙嘉耦占將吴苑春光。

楊敏齋太守輓聯

敏齋爲壬甫家兄同年，以刑部主事改官江蘇，曾權知太倉直隸州，後爲牙釐局提調二十餘年。

郎官出典方州，豈惟是榷算緡錢，爲盛朝小佐軍興費；
暮齒回思往事，最難忘提攜席帽，與伯氏同膺鄉舉年。

惲母戴夫人七十壽聯

夫人爲惲次山中丞之配，年六十時，余曾以一聯壽之，今又壽以此聯。

溯從前中外歟歷，善相其夫，彤管録中無此才無此識，詩畫兼長猶爲餘事；
願自後耄耋期頤，永錫難老，金萱堂上有賢子有賢孫，勳名克紹大慰慈懷。

杭州府學鄉賢祠聯

明時杭州府學鄉賢祠以漢嚴先生光居首，然先生實非杭人也。乾隆間始撤去之，以晉臨淮太守范平居首。

遠稽晉代近逮熙朝，駿烈清芬，豈僅詩文垂浙派；
山號武林湖名明聖，鍾靈毓秀，不須聲望借嚴陵。

惠菱舫都轉輓聯

都轉榷浙鹽最久，善丹青，有墨竹數幅，刻石敷文講舍，喜戴文節所著《畫絜》，壽之剞劂。曾贈余方竹枝一枝，至今存焉。

十載總鹽綱，任他人旌節飛揚，老我閒情看畫絜；
數竿留墨妙，記從君湖山談笑，贈余長物有吟笻。

林雲臺廣文輓聯

廣文乃乙酉拔貢，與余孫有同歲之誼。於光緒十七年五月選就德清訓導，至二十二年五月卒於官。所異者，廣文以五月十九日卒，年四十三；其孺人王氏於五月十八日卒，年四十二，生則先後一年，死則先後一日，似亦非偶然也。

六載講堂開，以五月選官以五月卒官，回思記織登科，僥倖吾孫叨附尾；
雙驂仙馭並，遲一年出世遲一日逝世，恰稱詩歌偕老，逍遥嘉耦總隨肩。

陳舫仙方伯輓聯

方伯爲湘軍宿將，及東洋啓釁，以江蘇按察使奉命赴山海關防堵，積勞三載，事平而君遽歿。甫遷江西布政使，未及赴也。然直督以開缺告，而奉硃筆垂問，其戰績遂得宣付史館，亦可知其上契者深矣。

湘軍宿將如公者幾人？詔書下問，戰績上陳，足見英名動天聽；

遼海籌防積勞至三載，方岳甫遷，大星遽隕，長留威望鎮遐荒。

楊見山太守輓聯

見山乃吾湖名孝廉，以太守官吴中，一攝常州守而罷。然其翰墨頗行於時，余與蹤跡稍疏。去歲余著《迂議》一篇，見山讀之則曰「語語如吾所欲出」云。卒年七十八，長於余兩歲。

循良小試，翰墨盛行，兩歲耄齡先我老；
蹤跡久疏，文章深契，一篇迂議愜君心。

諸暨錢氏宗祠聯

錢氏爲武肅王之後，其裔孫士芳求撰是聯，聯中所述皆其所自述也。

合數百里之秀，若雁池若龍山若篠嶺若亢隖，環抱崇祠，恰稱五王俎豆；
溯卅餘世以來，有名宦有循吏有武功有文學，蔚成巨族，長縣千禩蒸嘗。

兄子劍孫輓聯

先大夫登嘉慶丙子賢書，越六十年光緒丙子，劍孫繼之。祖孫同丙子，一時以爲佳話。方冀其昌大吾家，不謂其盛年殂謝，客死羊城也。

六十年接續科名，戚黨豔稱，謂此幼孫同符大父；
五千里歸來旅櫬，門庭衰落，痛吾猶子追念先兄。

黄母劉太夫人輓聯

太夫人爲莘農侍郎之配，幼農觀察之母。生於四月，殁於九月，年九十三。

封膺一品，年近百齡，福壽兼全，信有汾陽在巾幗；
首夏稱觴，暮秋含玉，音容頓渺，徒勞翁叔泣甘泉。

龍仁陔方伯輓聯

方伯廉儉，所至有聲，下僚皆畏憚之。余今年始與相見，其執禮甚謙，别未數月，遽聞其卒。時太夫人年九十四，猶在堂也。

持己以儉，接人以謙，尤推吏治精詳，能爲聖朝除弊政；
惠澤在民，勛勞在國，堪歎中年殂謝，翻教老母泣高堂。

施少欽封翁輓聯

少欽寓上海久，凡直隸、山東、山西、陜西、河南各省無不力籌振濟。璽書褒美，海内稱善人。年六十九而卒，臨終大呼「善舉」者三，可謂中心好仁者矣。

朝廷曰賢，鄉里曰賢，海内皆曰賢，如何天不慭遺古稀欠一；
集貲無算，活人無算，陰德更無算，堪歎殁而猶視善舉呼三。

汪伯春任子新婚喜聯

伯春爲柳門侍郎猶子，以子畜之，故得二品蔭生。所娶婦乃柳門壻曾孟樸之妹，諺所謂「來則爲姑，去則爲嫂」者。惟姑嫂之稱起於後世，唐宋以來類書從無姑嫂一門。吾浙平湖縣有姑嫂餅，見於志書，余嘗啖之。戲用此事爲聯語，賀其新婚。

喜氣溢門闌，競説朱陳重結好；
華筵啓湯餅，笑看姑嫂互嘗新。

謝綏之太守輓聯

綏之蘇州人，以善士聞天下，凡四方水旱偏災，皆集貲振之。

一鄉之善士，友天下之善士；
國人皆曰賢，諸大夫皆曰賢。

吴誼卿觀察輓聯

誼卿以翰林歷佐督撫幕府，積功保至道員。偶感風疾，遂至不起。今年六十，豫爲稱觴，及至生日，則逝已經月矣。

名翰林負幹濟長才，籌筆勤勞，一道福星虚注籍；
病維摩視形骸外物，盤鈴游戲，六旬生日豫稱觴。

沈旭初觀察六十壽聯

觀察生於正月十二日，夫人謝氏。

前元宵三日弧帨同陳，先生沈休文，夫人謝道韞；
由中壽六旬臺萊進祝，會昌一品集，平原百年歌。

法相寺定光佛殿聯

定光佛即然燈古佛，如來所從受記者也。在五代時出世爲長耳和尚，至今真身尚在，香火極盛，求子甚靈。宋朱弁《曲洧舊聞》言宋太祖、高宗均定光佛轉世。

衍大法於千佛出世之前，如來五百年密記親承，自昔傳燈推鼻祖；

顯靈蹟在三鳳開山以上，有宋十八帝真人再降，至今錫福逮嬰娩。

曹仙槎醮尹五十壽聯

八月初三日生。

平分百歲光陰，河圖五洛書十；

領畧四時風景，秋一半月初三。

余澹湖太守輓聯

太守爲古香觀察之子，古香乃余杭州舊雨也。太守筦蘇州六門釐局，卒於行館。

兩代論交情，杭州舊酒痕，吴郡新詩本；
六門頌遺愛，商賈藏於市，行旅出其塗。

曾君表孝廉輓聯

君表曾肄業紫陽書院，亦在門下之列。家居常熟，極園林之勝。母年八十餘，子孟樸亦登賢書矣。

居虞山勝地又有好園林，上奉母歡下課兒讀；
憶吴苑舊游可爲長大息，既悲君逝更念吾衰。

陳母王太孺人七十壽聯

孺人爲陳孝廉洛東之母，有子四人，孫五人，除夕其生日也。

開除夕之筵，子四人孫五人同承歡笑；

越古稀而上，耋八十耄九十直至期頤。

楊石泉制府輓聯

公爲浙臬時，余即與相識。嗣是每歲春秋必再相見，或泛舟西湖，或同飲雲棲山中。上聯所云皆實事也。

識公於廉問兩浙時，尋詩湖上載酒山中，歎逝水光陰歷歷舊游還似昨；

論功在咸同百戰後，投筆衡湘建旄秦隴，問淩煙圖畫寥寥宿將更何人？

宋母彭夫人輓聯

夫人爲宋叔元觀察之配，年八十歲時曾作自壽文，傳播於時。今年正月十六日卒，年近九旬矣。

三五月初圓，令節纔過，何意上元旋罷宴；
九十日有秩，耄齡將滿，不能自壽再成文。

劉吉園總戎七十壽聯

總戎時鎮温州，其地有九凰山。

五鼤年高，帝命作東甌重鎮；
九凰春滿，軍門拜南極仙翁。

翁少畦大令輓聯

少畦爲翁蘭畦廉訪之子，性真摯，且有用世之才。嘗著《書生初見》一書，皆言治理；又著《醫時六言》一書，則因東洋之釁發憤而作者也。以知縣需次吴中，即執摯來見，願居門下，情意殷然。其兄少蘭亦負美材，於前年十二月卒。君篤於手足，爲其兄營喪葬畢，遂成心疾，今年正月八日卒於蘇寓。

讀所著之書，兩卷論治六卷談兵，其才其識迥異恒流，何幸吾門得此士；

不可知者命，前歲兄亡今歲弟逝，至性至情鬱爲心疾，空留祖笏待將來。

錢氏孝子烈婦祠聯

錢君諱堅，字竹卿，始以孝子旌。及庚辛之亂，與妻唐氏同死於難，又各旌如律。其子耕伯大令乞題此聯於其祠中。

前旌孝後旌忠，兩回邀九陛恩綸，不媿家風承武肅；

夫死義婦死烈，一日成千秋大節，長留祠宇在吳閶。

惲伯方同年輓聯

伯方乃余庚戌同年，由庶常改部曹，以知府官貴州。時撫黔者爲曾文誠公，亦庚戌同年也，甚器之，調補首府，奏以道員升用。及文誠〔一〕卒，繼之者不慊於君，君知直道難容，引疾而歸。年逾八十重游泮水，亦一魯靈光也。

遠宦到黔中，循聲卓卓，風骨棱棱，如何直道難容，竟以二千石歸，觀察頭銜虚注籍；

舊游思日下，春夢重重，晨星落落，聞説泮宫兩賦，不能六十年後，恩榮闕宴再登筵。

查室蔣淑人輓聯

淑人爲余孫陛雲同年翼甫大令之室。其婚在咸豐辛酉之冬，兩家同避兵在滬，因贅

〔一〕誠，原作「成」，據曾璧光謚號改。

姻焉。翼甫曾充日本使者隨員，淑人從之，居海外横濱者兩年。去年冬在吴下，諆爲其子理生授室，拮据拼擋，而病已甚。新婦甫入門，淑人已卒。未及一月，理生亦卒。新婦朱氏年甫二十，毁妝守志，亦可哀也。

兵戈擾攘時黄浦催妝，最憐鶼翼雙飛，海外共看妻島月；
病榻彌留際青廬迎婦，誰料鳳雛同去，閨中空賸女貞花。

聶母張太夫人七十壽聯

太夫人爲仲芳方伯之母。方伯奉觴上壽，并醮子迎婦，率以承歡，洵盛事也。

矍鑠七旬人，上壽到頤齡，崇封登極品；
團欒一堂上，今年看新婦，明歲抱曾孫。

吴季蓉世兄新婚賀聯

季蓉乃廣庵廉訪之子，其所娶桃源尹氏，乃吾同年杏農觀察女孫也。

一雙嘉耦於柏府趨庭，春色滿延陵門第；
百兩香車自桃源發軔，風流想尹吉衣冠。

費幼亭觀察七十壽聯

幼亭始以知縣官直隸，曾以事至京師，適英吉利入犯，焚圓明園，幼亭奉恭邸命，入敵營議定和約，由此知名。後以清河道謝病歸，優游林下。濱江、沙田皆君産也，助入南菁書院，日以擴充，多至八萬畝。嘗語余曰：「此歸田以來第一快事也。」

矍鑠七旬翁，從前單騎入敵營，尚有勳名留北闕；
膏腴八萬畝，此後諸生游講舍，長傳歌頌滿南菁。

又輓聯

觀察擬於四月十六日稱觴，乃前三日而卒，因輓以此聯。

小雅賦南山，止爭三日光陰，未啓七旬筵宴；

大名留北闕，猶憶片言卻敵，爭傳單騎成功。

王母李太夫人七十壽聯

太夫人爲王文勤公側室，以嫡孫官受封。長齋奉佛，而治家極嚴，孫曾輩皆敬畏之。

開八旬耄壽，受二品榮封，五色紫頒天上誥；
治百口謹嚴，養一心淡泊，六時青守佛前鐙。

鄭母李太恭人七十壽聯

太恭人爲肖彭大令之母。肖彭與吾孫同年，其弟則吾兄子劒孫同年也。六月中生日，寄此壽之。

六月祝千春，筵前雪藕冰桃，阿母七旬初度；
一堂羅二俊，膝下金昆玉友，吾家兩代同年。

吴廣庵方伯輓聯

廣庵乃老友平齋觀察之子，中進士，甲第甚高，以請歸原班，不入翰苑。遂以直隸州起家，官至江蘇臬使，遷閩藩，未赴而卒。前數日猶得其書也。

名父子大振家聲，紀羣交誼，同客姑蘇，病榻數行猶報我；
翰苑才出居外服，牧令循良，洊登方岳，宦游卅載不離吴。

陳母黄太淑人八十壽聯

太淑人爲陳杏蓀太史之母，寓居滬上，精力甚强，猶能坐馬車游洋場也。正月十二爲其生日。

杖履八旬人但期歲歲清游，安穩版輿黄歇浦；
笙歌正月夜共羨婆婆老福，斑斕彩服玉堂仙。

鮑竹生明經六十壽聯

余丙寅、丁卯主講紫陽，竹生曾肄業焉，故亦在門下。中年後以醫名噪吴中，正月十二日其生日也。

距元旦已十日，距元宵尚三日，祝君甲子一周茂苑尋春，先歸董奉林間杏；
負文名逾廿年，負醫名又卅年，憶我丙丁兩載講堂較藝，曾賞江淹筆底花。

桐子霑觀察輓聯

子霑由蘇州府遷糧道，己亥春將押運北上，未果而卒。

財賦筦三吴，緑水洋中將轉漕；
謳歌盈萬户，白公祠畔共焚香。

張漢章司馬輓聯

漢章爲兄子祖綬丙子科同年，其宰江山也，曾表章毛烈女。余爲賦詩，事詳詩集。其宰吾邑也，適值余重游泮水之年。余雅不欲上瀆官師，而君必以聞於學使者，亦可感也。

名孝廉竟以循吏傳，不惟婦豎謳歌，并使烈女一抒泉壤氣；

舊部民叨附年家誼，回憶溪山坐嘯，曾爲老夫再賦泮宫詩。

丁潛生廉訪輓聯

潛生少時從軍，母劉夫人刺八字於其臂上，曰「忠心報國，致身事君」。故潛生在軍不避危險，頗著戰功，曾文正、彭剛直皆極賞之。嘗自練藤牌二千五百人成一軍，所向無前。余謂此制火器之良法也，有如公等者數人，無憂西戎矣。精繪事，能爲人寫真，曾寫余真，苦未肖。去年冬，攜一人來，以西法照余小像，蓋欲用此爲藍本也，然竟不及爲矣。今所照像猶在，兼有潛生像及世振之都轉像，蓋三人同照云。

奉母教刺臂教[一]忠，卅年功佐中興，如文正如剛直皆歎賞英雄，尚期制勝重洋，精練滚牌成勁旅；

莅吾鄉建牙陳臬，一見歡同舊識，於湖樓於山館每從容談笑，惜未傳神阿堵，但留照像在空齋。

丁松生大令輓聯

松生藏書甚富，善蒐輯杭州掌故，刻《武林叢書》數百卷。往年浙中鈔補文瀾閣書，松生力也。余與交最久，余著《瓊英小録》，君刻入《武林叢書》中。又嘗以娑羅樹一小株贈余，今種吴寓。

插架八萬卷，鈔補文瀾全書，采輯武林故事；

論交四十年，商定仙花小譜，分栽佛樹靈根。

[一] 教，疑當作「效」。

徐季和學使輓聯

季和持正論，不隨俗，君子人也。終於安徽學使任，士論惜之。其視浙學時，嘗徒步訪余於右台仙館，是日蓋其生日也。

爲朝廷深惜老成人，方期正學扶輪，何意噩音來皖北；
同詞館兼叨年世誼，猶憶生辰避客，曾勞健步訪山中。

朱茗笙侍郎輓聯

侍郎以水部郎起家，至少司馬。年甫五十，引疾歸田。鄉里善舉，無不首倡之，建復六和塔，其功尤鉅。慕吴中獅子林之勝，於里第倣爲之，峰巒千萬湧見庭中，取紫陽詩意，署曰「湧巒樓」。

歷官至少司馬，歸來林下優游，廿年功在梓鄉，開化寺前重建塔；
疊石如大狻猊，移到吴中名勝，一旦神游蓬島，湧巒樓上孰憑欄。

謝母楊夫人輓聯

夫人餘姚人，爲子蓉部郎之母。其女名又花，字韻仙，彭剛直女弟子也，曾來見我於湖樓。

是節母是壽母，二品崇封，早拜恩榮來北闕；
有賢子有賢女，一江遠隔，曾聞剛直話西湖。

朱竹石觀察六十壽聯

時觀察方權江蘇按察使，以賢員聞，傳旨嘉獎。

帝曰汝予嘉，正自九重傳獎勵；
天錫公純嘏，好從六十祝期頤。

毛葆園處士輓聯

葆園白手起家，人甚誠篤。余與交二十年，湖樓山館皆託其照料。去年余自湖上歸，尚來相送，不意竟永訣也。葆園事佛終年，不茹葷血，今歲七十矣。七月初微疾，夢見地藏王菩薩，語其子曰：「我不起矣。」至中元日，趺坐而卒。有四子，存者二，皆縣學生。

古佛夢中迎，七旬善果竟證菩提，到中元趺坐而終，了無病狀；
故人湖上别，廿載交情頓歸逝水，盼後輩踵興勿替，大振家聲。

黄漱蘭侍郎輓聯

余去年辭詁經講席，浙撫廖中丞以侍郎代之，未半載而卒。時五月九日，竟未及一至精舍也。

飲端五酒，駐君四日流光，朝野千秋同想望；
坐第一樓，繼我卅年陳跡，雲山三竺未來游。

尤春畦封翁輓聯

翁善别人葠，凡人葠自關外至，皆集於上海。翁歲必至滬，品定其高下，一經翁定，無能違者。今翁殁矣，未知繼其術者尚有人否也。

滬上罷清游，北斗瑶光愁減色；
吴中推老輩，西堂襍組喜傳家。

程省卿孝廉輓聯

省卿幼慧，其父有「吾家千里駒」之歎。長而幕遊皖北，賦梅花詩百首，見賞於學使者，魚氣於庠。後舉孝廉，以知縣筮仕江蘇，未補官而卒。臨終語其弟錫煐曰：「吾死後得曲園先生一聯，刻入《楹聯録存》中，死無憾矣。」余初不相識，感其意，爲題此聯。

髫齡夙慧，强仕壽終，回思喜動椿庭，曾博名駒千里譽；
攀桂有年，栽花無地，僅得名馳蓮幕，傳誦寒梅百首詩。

王竹侯方伯輓聯

方伯爲丁酉拔貢生，仕至陜西藩司，年八十九而終。余丁酉副貢，與有同年之誼，輓以此聯。

昔布秦中德政，今推海内靈光，計閏歲九旬逾二歲；
君舉拔萃高科，我登待補小榜，作同年六十有三年。

李小荃制府輓聯

公起家淮軍，官至兩廣總督。往年撫浙時曾招余飲，日暮不及出城，因止宿於花廳之西廂，翦燭清談，漏三下始罷。余主講西湖精舍，宿於城中者止此一夕，至今猶記之也。

大樹蔭長淮，看幕府宏開，萬里威名到南海；
甘棠留兩浙，憶節堂止宿，一宵清話共西窗。

江建霞京堂輓聯

建霞以編修特旨用四品京堂，旋褫職。曾視湖南學，刻有《靈鶼館叢書》。

无妄福无妄災，孤負此金馬門前雍容大作手；
非常〔一〕人非常遇，流傳得靈鶼閣上薈蕞小叢書。

陳哲甫太守輓聯

哲甫乃錢子密尚書之女壻，曾從子密在曾文正軍中，以奉母早歸，故功名不顯，以知府候選而已。子五人，出仕者已四人。陳氏固海寧望族，哲甫乃相國文簡公來孫也。

功名讓同輩，簪笏付後人，落落家風不媿黄扉舊門第；
官職未真除，年華止中壽，蕭蕭壻水難爲白髮老尚書。

〔一〕常，原作「當」，據文意改。

謝韻仙女史輓聯

女史上虞人，歸麋氏，早寡，能詩，乃彭剛直之女弟子也。以剛直故，願隸余門下，余謝不敢當。然其意甚殷，曾渡江見我於湖樓，臨别訂期後會，而竟不果。去冬大病，稍聞猶馳書告病間，乃至今年正月二日竟逝。余曾序其詩，今又寄此聯輓之。

病榻報粗安，其時已屆三冬，如何飲罷屠蘇，未許春光轉東陸；
寓樓曾過訪，此後竟難一面，料得神隨剛直，仍吟秋色到西湖。女史有《和剛直秋色》諸詠。

潘嶧琴學士輓聯

學士曾再至浙中，前典試、後視學也。視學時繼阮文達輯《兩浙輶軒續録》，署中建「輯雅堂」，即其選詩所。去浙後，浙士思慕之，奉生位於朱文公祠。吾孫陛雲乃其典試所得士。

與吾浙有文字緣，兩度乘軺，繼阮太傅輶軒成後集；

許我孫列門牆末，一堂輯雅，附朱紫陽祠宇拜先生。

李健齋廉訪輓聯

廉訪以父忠武公殉難三河，賞舉人，會試不售，引見賞員外郎，嗣是歇歷中外。往年遼東告警，從督部劉公北征，戰於唐王山七里河，大捷，斬其酋。至己亥歲，意人索我三門灣，浙有兵事，拜浙江按察使，旋命督辦軍務，卒於寧波行營。

繼忠武公投筆從戎，昔年遼警方殷，七里河邊竿賊首；
以廉訪使登壇拜將，此日海氛未靖，三門灣外激英風。

查湘帆封翁輓聯

封翁行賈滬上，有法蘭西人嗎呢者設一肆，延翁主其事，一無私焉。生平四遭回禄之災，艱苦備嘗。晚年以子濟元官封二品，年七十一而卒。

四度遘鬱攸災，辛苦艱難，爲此老養成晚年福；

七旬拜榮禄誥，忠信篤敬，雖遠人訂作出門交。

龔母張太夫人輓聯

太夫人歿於滬上，歸葬合肥，有二子心銘、心釗，皆翰林也。

封崇一品，壽近七旬，蓬島催回金母駕；
風送滬濱，神歸肥水，麻衣對泣玉堂仙。

陳養原觀察輓聯

觀察曾隨崇地山侍郎出使俄國，又充日本星使參贊官，後授浙江温處道，調署杭嘉湖道，署按察使，卒於官。

大瀛海外仙槎，西至羅刹東至扶桑，萬里重洋游跡廣；
三折江邊宦轍，始而觀察繼而廉訪，四年兩浙頌聲長。

常介之參戎輓聯

參戎乃浙江將軍常公恩之弟，官江蘇撫標中軍參將，於正月十三日卒於官，年五十九。

大衍又九齡，雄鎮蘇臺，胥母門邊貔虎壯；
元宵先兩日，秏傳浙水，將軍樹上鶺鴒孤。

汪李門封君五十壽聯

李門爲柳門侍郎之弟，以瞽廢。然多材能，閒居足以自娱，視柳門似勝也。因其五十生辰，書此壽之。郭幼明乃子儀之母弟，見錢易《南部新書》。唐汝詢字仲言，華亭人，無目而嘯咏不廢，見《静志居詩話》。

郭幼明真大富貴；

唐〔一〕汝詢不廢嘯歌。

趙紫瑜大令輓聯

紫瑜以知縣官廣東，罷官後挾壬遁星命之術，浪游人間，自稱一笠山人。所著詩文甚多，推衍《璇璣圖》得五萬七千餘首，亦奇觀也。

一見宰官身，挾技而游，落托數十年，存留飯顆山頭舊笠；
千秋才子筆，以文爲戲，縱横五萬首，推衍璇璣圖上新詩。

陳杏孫太史輓聯

太史恒乞假家居，僅一分校禮闈而已。大考後召見，上問歷俸何淺，以母老不能遠離對。庚子考差後以病南回，道卒，太夫人猶在堂也。

〔一〕 唐，原作「康」，據《静志居詩話》卷十八改。

蓬山養望，棘院論文，天語垂詢憐俸淺；
蕩節未持，輲車遽駕，親闈凝想盼兒歸。

趙母陳太夫人輓聯

夫人生四子，存者一，即仲瑩殿撰也。己亥冬，夫人促仲瑩入京銷假。今年秋，卒於蘇寓，仲瑩歸已不及見矣。於重陽日受弔，書此輓之。

但期遠志不寄當歸，鶴髮人催赴京華，豈僅仙槎希八月；
已折三珠幸存片玉，鼇頭客遄還吴下，空將佳節泣重陽。

倪儒粟明府輓聯

儒粟於今年閏八月卒於滬上。余在西湖頻與往返，贈余白牡丹一叢，今猶在曲園也。

申浦咽潮聲，剛逢八月秋風，憐君厄共黄楊樹；
午欄鬬花韻，猶記一叢春色，爲我分來白牡丹。

譚少柳太守輓聯

太守以州判起家，官至二千石，歷權劇郡，屢莞大局，亦能吏也。曾署丹徒縣，有營官縛盜五人至。君察之，皆寃也，盡釋之。此事頗爲沈文肅所稱。今年秋，已病甚矣，聞鑾輿西狩，伏枕泫然，越二日遂卒。

四十年宦轍總在吴中，憐赤子無辜，曾活刀邊人五命；
二千石循聲久傳朝右，聞翠華遠狩，空流枕上淚雙行。

宋養初侍御輓聯

光緒二十六年秋七月，京城陷，侍御仰藥死。然其五月十七日寄其子書云「急難時我自有主意，家中勿念」，蓋死志久定矣。

由拔萃登科，簉歷諫垣，乃逢陽九年百六厄運；
以艱貞報國，預存死志，請看夏五月十七家書。

右台仙館聯

余所築右台仙館無牆垣，僅以槿籬圍之。初落成時題此聯，上句本《東軒筆録》，乃荆公事，下聯則《陶貞白傳》中語也。

所居不設牆垣，望之儼若逆旅；
有時獨游泉石，見者以爲仙人。

又

余喜静坐，人事紛擾，苦未能也。山館中偶一爲之，頗得静趣，因題此聯。

七旬外老翁，固知死之爲歸生之爲寄；
半日内静坐，不識此是何地我是何人。

又

上聯《般若波羅密多心經》語，下聯《金剛般若波羅密經》語也，對耦天成，因書而縣之山館。

無苦集滅道，無智亦無得，以無所得故；
如夢幻泡影，如露亦如電，應作如是觀。

俞樓聯

俞樓落成，余題此聯，詳見《俞樓經始》，已刻入《俞樓襍纂》矣。

合名臣名士爲我築樓，不待五百年後，斯樓成矣；
傍山南山北沿隄選勝，得之六一泉側，其勝何如？

又

余主講詁經精舍三十一年，可謂久矣。戊戌秋，以衰老乞退，因攜孫兒陛雲至俞樓小住，臨行題是聯，是時陛雲新及弟，兼以勉之。

湖山戀我，我戀湖山，然老夫耄矣；
科弟重人，人重科第，願吾孫勉之。

春在堂聯

余前有春在堂聯，已録存矣。戊戌歲續題兩聯，又録存之。

小圃如弓，竹林前一曲，柳陰後一曲；
浮生若夢，登第五十年，成婚六十年。

又

孫兒陛雲進學名次第一，鄉試中式第二，殿試則以第三人及第，因題此聯，戚黨頗傳誦焉。

念老夫畢世辛勤，藏書數萬卷，讀書數千卷，著書數百卷；
看吾孫更番僥倖，童試第一名，鄉試第二名，殿試第三名。

又

題内室以勉勵家人。

周家忠厚開百世基，況於民庶；
武侯謹慎成一生事，矧在庸愚。

又

八十生日題八字於春在堂。

南埭村民；
右台山鬼。

自撰輓聯

此聯既題於右台仙館，又題於春在堂，由來久矣。未知何日果用，計亦不遠也。

生無補乎時，死無損乎數，辛辛苦苦著成五百卷書，流播四方，是亦足矣；
仰不愧於天，俯不怍於人，浩浩落落歷數八十年事，放懷一笑，吾其歸乎！

楹聯録存五

孫蕖田前輩輓聯

蕖田前輩爲琴西同年之弟，在翰林中科分最老，海内無在其前者矣。重赴鹿鳴宴，重赴恩榮宴，沈文肅公及今傅相、合肥相國皆其分校會試所得士，亦極儒臣之榮矣。

桂宫兩到，杏苑再來，房魏羅一門，無人不拜文中子；

芸署科深，梓鄉望重，坡潁稱二老，令我回思蘇長公。

潘景桓世講喜聯

景桓爲潘文恭公玄孫，譜琴庶常之孫也，於二月十九日完姻，書此賀之。

五世其昌，上承宰相門風，此夕喜諧鳳卜；
二月既望，正值觀音生日，明年抱送麟兒。

潘濟之中翰六十壽聯

濟之爲文恭公之孫，二月六日其生日也。

二月良辰，暢領三吴好風景；
六旬周甲，振興一品舊門庭〔一〕。

劉母顧太淑人輓聯

太淑人爲我山農部之母，于歸之次日即趨侍病姑。姑髮久不櫛，手爲櫛之。庚子之變，我山在京師，奉召赴行在，乞假回籍措資，太淑人敦促西上，行至袁浦，聞太淑人病，

〔一〕 庭，原作「庭」，據詞義改。

乃還。

當年初賦于歸，蘭膳新嘗，便爲病姑親櫛髮；
此日深明大義，芒鞋催赴，不教游子苦牽衣。

張忠敏公祠聯

祠在山塘，應敏齋同年爲蘇臬時所建。内有蒔紅小築，敏齋屬余題一聯，已録存矣。今年同鄉諸君又乞題祠聯。

祠宇傍山塘，小築蒔紅成勝蹟；
謳歌徧吴會，大名韋白並傳人。

薛仲襄茂才輓聯

茂才名宸翀，爲慰農太守之孫，飴澍大令之子，年十七游庠，十九即下世。娶彭氏，結縭止十六月，年止二十，相從地下，可敬亦可哀也。

祖是名流，父亦循吏，一領青衿，盼他年金馬玉堂，振興二千石舊門第；
夫未弱冠，婦僅廿齡，千秋黄壤，看終古烏鶼魚鰈，完成十六月好因緣。

惲母張太夫人輓聯

太夫人爲菘耘中丞之母，性好施與，奉旨建有「樂善好施」坊，年八十六而卒。中丞方撫吾浙未三月，以憂去，浙人皆惜之。

登堂拜壽母，過八旬又届六齡，生平風義甚高，樂善好施邀特獎；
持節看佳兒，撫兩浙未盈三月，一旦星奔遽去，安民察吏待重來。

沈母陸太夫人輓聯

太夫人爲子梅觀察之母。庚子之變，子梅以通永道受代，從戎馬中轉展南歸，得以親視含斂，真幸事也。年七十七而終，子四孫二曾孫一，亦盛矣。

有令子從三千里外先三月歸來，含斂躬親，戎馬之間真福分；

亨大年過七十歲後又七齡曼衍，孫曾環侍，驂鸞而去即神仙。

郜荻洲觀察輓聯

觀察年九十二而終，余丁酉同年也。丁酉距今六十四年，恐海内同年希矣。

大壽似公稀，若連閏月推排，已届百齡惟欠五；
微名容我附，堪歎同年寥落，還愁四海更無雙。

杭禄庭封翁輓聯

翁白手起家，以助振賞二品封典。年九十四而終，以五世同堂旌。幼時及見曾祖，故又賜「七葉衍祥」額，亦吴中人瑞也。

上承曾祖下見玄孫，五世同堂，更溯祥源成七世；
壽過九旬封膺二品，百年計閏，略留餘算只三年。

于母姚孺人輓聯

孺人爲香草明經之母，治家整肅，每日焚香，以所事告天。尤惜五穀，粒米在地，必手自檢取。

物力惜艱難，怕觸粒抛殘，遺糝不教留在地；
家規垂謹慎，對鵲鑪默訴，焚香每事告之天。

戴笠青廣文輓聯

笠青曾至蘇州受業於余，官遂昌教諭而卒。

一官老玉女峯前，青餘杜甫吟詩笠；
卅載溯金閶亭畔，紅賞江淹入夢花。

鄭芝巖觀察輓聯

觀察入翰林即典試河南，試畢省親杭州，至養親事畢始還朝，故資俸俱淺，不得開坊。由御史遷給事中，出爲浙江糧道，積勞成病。

輶軒歸去，又綵服娱親眷戀晨昏，不惜芝坊遲晉秩；
驄馬馳來，更雲帆轉漕崎嶇南北，劇憐蕩節太勞人。

張恕齋大令輓聯

恕齋官江蘇泰興縣，罷官後僑寓吴中。不喜乘肩輿，每徒步與親故往還。臨殁前一日，猶青鞋布襪自市上歸，已薄暮矣。及就寢，忽感疾，一時許即逝，亦可異也。去歲曾訪我春在堂，適潘譜琴、汪柳門均在，賓主四人二百八十八歲，余有詩存集中。

同鄉里又同客吴門，去年談笑從容，揮麈得三人，皓首蒼顔偕過我；
傳循良更傳君耆舊，晚歲精神矍鑠，易簀前一夕，青鞋布襪尚如仙。

朱念椿孝廉輓聯

念椿以揀選知縣大挑二等用教諭，年五十一而卒，醫術頗精。

桂宫高占，又雅擅岐黄，大衍年華加一算；
花縣待銓，竟未膺銅墨，冷官資格足三班。

胡芸臺觀察輓聯

觀察以鹺尹起家，官至江南鹽巡道，歷署寧藩、蘇臬。其兄即芸楣侍郎也。

由鹽鐵洊歷穹官，累攝柏薇，方冀外臺榮建節；
看昆玉聯翩皇路，交輝棣蕚，忍教伯氏獨吹塤。

汪寶齋司馬輓聯

寶齋宦游吾浙，僑寓吴中。去歲歸湖北，擬卜宅武昌，又擬合刻《丁鶴年杜茶村集》，皆未逮也。

久客忽思歸，滯蘇杭卅載游蹤，去歲梓桑虚卜宅；
有志仍未逮，撫丁杜兩家遺集，何年梨棗得成書？

徐筱雲尚書輓聯

筱雲前年在京，寓有菊花並蒂之瑞，繪圖徵詩，余亦嘗和之。未一年即有此變，亦可歎也。

星象折三台，東市朝衣補報國恩惟碧血；
馨香留萬古，西風老圃豫呈家瑞有黄花。

張母周太夫人輓聯

太夫人爲張子虞太守之母。子虞以詞臣乞郡，兩署松江府。夫人病不能偕往，寓居滬上。今年署蘇州府，子虞自滬赴蘇，甫十二日而訃至矣，卒年八十五。

大年登耄耋，計閏將及九旬，滬瀆安居，方冀長開王母宴；
令子出承明，領郡兩臨三泖，蘇臺暫駐，不能再著老萊衣。

廖穀士中丞輓聯

穀士與令弟仲山尚書昆弟競爽，仲山甫得請歸田，而穀士没矣。穀士撫浙數年，四境無事，去浙未久而衢案起，撫藩皆獲重譴，令人更切去思矣。

君家伯仲是當代郊祁，坡老云亡，忍使傷神聽夜雨；
浙事安危視一身進退，召公遺愛，豈惟懷舊感晨星？

雪舟和尚輓聯

和尚住持南屏淨慈寺，曾畫山水四幅見贈。

北苑寫春山，曾以煙嵐分贈我；
南屏看夕照，不能雲水再尋君。

傅懋元觀察輓聯

懋元著述甚夥，自《經翼》《史徵》《子衡》各種外，有《唐文精粹》《金石集成》等書，不可勝數。及奉命游歷海外，凡十有一國，皆有記述，其書益多。既還，上所著書，奉有「書甚詳細」之諭。然以道員發直隸，竟未補官。丙戌歲在京師相見，承欲以師事我，未敢當也。

舟車游海外，歷十萬里而遥聞見瑰奇，未盡雄才人共惜；
著述進朝端，逾一千卷之富中西綜貫，謬叨師事我何堪。

世振之廉訪輓聯

振之家京師，庚子之變，憂念家國，鬱陶成疾。其官吾浙也，以都轉權廉訪。及拜真除，則旋卒矣。

烽火望燕雲，神京鼿鼿，家室飄摇，半載倉黄憂北闕；
德星臨浙水，禹筴理財，廉車問俗，千秋蘇白共西湖。

巢縣楊氏聽事聯

楊吉堂廣文，名慶長，素不相識，踵門求見。言其祖母陳苦節四十年，其父善夫明經節口腹，具甘旨，先意承志，色養無違，壽至八十一而終。欲余書一聯，懸其聽事，以表揚潛德。余感其事，爲書此聯。

惟節母磊落冰霜，卌載孀居止如一日事；
有孝子艱難菽水，終身孺慕直到八旬餘。

俞廙軒中丞七十壽聯

中丞時撫湖南。六月十九日生，相傳觀世音成道之日也。

仗節鎮三湘，與岣嶁古碑並壽；
稱觴逢六月，從補陀佛會而來。

德清柳侯祠聯

柳侯乃唐柳子厚叔父，曾爲德清令，柳《集》所謂「德清君」是也。同治十年，余泊舟城中，有客來見。余適不在舟，未之見。從者問其姓，如云姓柳，而吾邑故無柳姓。時江子平孝廉、蔡瑜卿茂才在余蘇寓，皆邑人也，聞之詫曰：「豈柳侯乎？」事詳《春在堂隨筆》及《右台仙館筆記》。臨上質旁，實深寅畏，敬題此聯，惟神鑒之。

曾讀柳州文，治蹟分明於此信；
幸叨枌社蔭，靈蹤飄忽至今疑。

邵小村中丞輓聯

小村官臺灣巡撫，後調湖南，謝病歸，寓居滬上。

絲竹老東山，黄歇浦邊大好平泉風景；
旌麾照南海，赤嵌城外長留開府勳名。

劉景韓中丞七十壽聯

景韓自浙撫罷歸，暫寓吴下，七月六日其生日也。

三吴小住，話三竺清游，新詩本舊酒痕，公真白太傅；
七夕將臨，慶七旬初度，大富貴亦壽考，天賜郭汾陽。

譚仲修大令輓聯

余主詁經講席三十一年，自辭退後，繼之者爲黄漱蘭侍郎，五閲月而歿。又繼者爲汪郘亭侍郎，逾年亦他就。又繼者即仲修也，六閲月而殁。仲修工詩詞，頗負時望，曾官安徽含山縣令。

詞壇耆宿自少知名，百里牛刀憐小試；
精舍替人得君爲幸，半年馬帳歎俄空。

王文敏公輓聯

文敏名懿榮，字廉生，官國子監祭酒，直南書房。庚子之變，充團練大臣。京師陷，與其妻及子婦同投井死。其在翰林時頗有聲，曾請開四庫館，有旨俟會典告成時舉行。今恐無計及者矣。

銅駝荆棘，通國倉黄，摶民力以衛皇畿，豈僅南齋留碩望；
金井梧桐，舉家化碧，哭斯人兼悲吾道，更誰東觀訪遺書？

彭補勤部郎輓聯

補勤爲剛直第三孫，及歲引見，賞主事，以助振加員外郎銜。始頗有用世之志，以「運甓」名其齋，後知時事難爲，乃歸而以詩詞自娱。年二十七而卒，余甚惜之，輓以此聯，「吟香」乃剛直舊館也。

時事艱難，想運甓齋中不無遺憾；

天才清妙，附吟香館後定有傳詩。

汪南陔大令輓聯

南陔官青浦縣，卒於官。其父斥青大令亦宰青浦，二十年間父子相繼，亦佳話也。其祖小堂觀察乃余丁酉同年。

青浦聽循聲，昔日郎君今衆母；
白頭悲往事，君家大父我同年。

陳辰田明經八十壽聯

辰田乃湖郡同鄉，寓居吴門。光緒辛丑行年八十，重游泮宫，重諧花燭，亦佳話也。其少時曾客王壯愍、瑞忠壯幕府，話辛酉之變甚悉。

吴興耆宿，吴下寓賢，白首話前游，舊是諸侯老賓客；
重掇芹香，重諧花燭，青廬傳盛事，共推平地兩神仙。

贈蔡雪筠女史聯

女史以祖殁關外而父又篤病，刺血寫經，誓迎祖柩。間關萬里，卒成其志。遂撤環不嫁，長齋奉佛。孝女也，亦貞女也。余聞而敬之，爲書此聯。

誓迎祖骨歸來，寫經血赤；
甘以童真終老，禮佛鐙青。

李文忠公輓聯

公臨卒，以俄約未定、兩宫未返爲憂。或詭言以慰之，乃瞑，可謂忠矣。

甫四十即封疆，未五旬即宰輔，經文緯武，蓋代勳名，歷數寰中盪寇，域外和戎，力任其難，相業巍巍千古少；
位三公爲太傅，食萬户爲通侯，重地隆天，飾終典禮，惟是邊警仍殷，鑾輿尚遠，殁而猶視，忠心耿耿九原悲。

又

前聯意有未盡，再題一聯。

一個臣繫天下重輕，使當年長鎮日畿，定可潛消庚子變；
八旬翁完真靈位業，溯壯歲同游月府，不能再逮甲辰科。

羅少耕觀察七十壽聯

觀察時官江蘇糧道，兼蘇海關監督。

遼海駕雲帆，三千里轉漕初歸，又向雄關司管鍵；
蘇臺酌春酒，七十歲從心所欲，便由藩服到封疆。

高母裘太夫人輓聯

夫人爲滋園都轉之配，笏堂運副之母，生於道光辛丑十一月十一日，殁於光緒辛丑十月十二日，年八十一。

生於仲冬，殁於孟冬，因果往來止爭一日異；
前以夫貴，後以子貴，恩榮終始直到八旬餘。

董端生大令輓聯

端生官江蘇靖江縣，卒於官。余識其大父梓庭吏部，曾購余《羣經平議》百部而去，時《平議》初刻成也。

憶昔年經議初成，文字因緣，何幸獲交君大父；
聽此日政聲卓著，繭絲保障，果然不愧古循良。

謝筱山司馬輓聯

筱山挾錢穀之法，幕游江蘇，客蘇藩署最久，亦諸侯老賓客也。其館嘉定時，適獲賊數百人，將駢誅之。筱山察非真賊，言於居停而免之，一大功德也。

積四五十年以金布令甲起家，名滿三吴，佐治無慙唐幕職；
活六七百人於兵火零丁之地，澤流百世，勃興應比漢于公。

潘室畢淑人輓聯

淑人爲濟之太守之配，文恭公孫婦也。賢而勤，濟之甚得其内助之力。晚年卜新居，親往營度，竟不得一日居。其奩中物因兵亂盡失，一油盒僅存，忽失手碎之，未幾而病，遂不起矣，卒年六十二。

六旬人備歷勤勞，最憐卜定新居，空費魚軒親相度；
一品家自安儉素，賸有嫁時舊物，竟先鸞鏡兆分飛。

姚蓮槎明經輓聯

蓮槎乃杭州書局同事，亦吾湖老輩也，長於余七歲，與先壬甫兄同歲生。

書局久追陪，看此老白髮蒼顔，是吾郡一鄉之望；

道山遽歸去，溯當年桑弧蓬矢，與先兄同歲而生。

余晉珊方伯輓聯

方伯以鼎甲起家，官至湖南布政使，署浙江巡撫。甫半載，以疾歸，逾年遂卒。其官蘇松太道，適值庚子之變，調和中外，保障東南，與有力焉。

由鼎甲起家，曩時滬上籌防懷遠招攜，濱海東南資保障；

歎年庚未暮，半載浙中建節事煩食少，之江左右失長城。

錢子密尚書輓聯

子密由拔貢起家，以尚書直樞廷，老病乞歸，賞食全俸，終於里第。余與其兄子方同舉於鄉，又同爲曾文正門下士，年長於君者三歲，書問往來，率自稱兄焉。

君以拔萃起家，官尚書參機務，食一品俸終其身，乞骸北闕歸來，緑野平泉共欽全福；

我與哲昆同榜，承推愛僭稱兄，歷五十年如昨日，回首南豐門下，白頭老輩更有何人？

李少梅觀察輓聯

少梅乃眉生廉訪嗣子，寓吴下蘧園，有泉石之勝，其卒也以壬寅正月元旦。

爲名父子主領名園，兜率海山遽歸去；

於正月朔考終正寢，屠蘇春酒太悲凉。據《史記正義》，「正月」之「正」，以避始皇諱故改音「征」。然則「正月」古讀如字也。

王松坪大令輓聯

大令以孝廉官直隸知縣。其八歲時能解説《論語》「戒之在得」語，微諫其祖，人以神童目之。宰宣化時，寇大至，城無兵，乃多張旗幟，且於各旅店門上大書紅紙，題曰「某某統領行臺」，賊疑援兵至，竟不敢犯。

誦先聖既衰戒得一言，大父解頤，八歲神童徵慧業；

法古人多鼓鈞聲之意，疑兵誤敵，千秋上谷仰英風。

江南提督質堂李公祠聯

咸豐初，廣西李沅發叛，公即在行間，有戰績。後隸曾文正公部下，自兩湖而至江浙，無戰不與，積功至提督。詔於原藉及立功之地各建專祠，此其原藉所建也。

自西粤從軍爲始，歷湘皖江浙所在有功，百戰勛名登國史；
是南豐特拔之才，與左李彭楊一時並起，千秋祠宇壯鄉關。

竇母張太恭人輓聯

太恭人爲甸膏大令之母。去年七月，大令爲豫祝八十壽，實七十有九也。今年正八十，而太恭人正月遽卒。時大令宰武進，方大濬河道，工未畢，以憂去，輿論惜之。

八秩豫稱觴，尚期乞巧樓頭萱壽重逢，今歲再開瓜果宴；
千夫方荷鍤，何意惠民渠畔瓠歌未唱，一朝頓廢蓼莪篇。

吴清卿中丞輓聯

清卿以翰林起家，官至湖南巡撫。工篆籀，嗜金石，嘗於秦中得玉琯，長一尺二寸，受一千二百黍，定以爲古黄鐘管，凡言黄鐘管長九寸者皆誤。所言頗近理，余有長歌紀之。同治初，余主吴下紫陽書院，君爲肄業生。今君已古人，而紫陽書院規模亦大變矣。

詞臣雄領封圻，尚將古尺評量，白玉考求真律琯；
老我感懷今昔，不獨故交寥落，紫陽非復舊巢痕。

書此聯已，意有未盡，又題《滿江紅》詞一闋：

同治初元，正大亂、削平區宇。有吴下、紫陽一席，皋比叨據。文采風流吾及見，升平景象今猶慕。算兩年、黄卷共青鐙，人文聚。　　四十載，猶朝暮。一轉瞬，成今古。歎故交零落，不堪重數。闕下尚書應白髮，謂陸鳳石尚書湘中開府俄黄土。賸龍鍾、八十二齡翁，悲前度。

孫師母趙夫人輓聯

夫人爲余房師孫文節公之配，今年二月二日卒，年七十有七。子孫零落，僅嗣一曾孫而已。

封膺一品，壽近八旬，玉樹階前幸有曾孫小蕭愿；
節届中和，天歸兜率，絳紗帳外尚存下士老彭宣。

林室侯夫人輓聯

夫人年四十一始歸林少穎太守爲繼室，年四十九而終。其生也以十一月十一日，其卒也以十一月十二日，亦似非偶然也。

四十一年嫁，四十九年終，雖然大衍虚奇，已算唱隨同艾髪；
旬有一日生，旬有二日卒，等是仲冬中浣，請將消息問梅花。重兩「一」字，然紀實之語，不能改也。

姚竹安封翁輓聯

竹安以子菊坡官翰林院侍〔一〕讀學士，封如其官，年七十三，有曾孫四人矣，於三月二十八日卒。

芝誥晉清班，高年又越古稀，三黨艷稱爵齒德；
梓鄉娱晚景，愛日竟隨春去，一堂哭拜子孫曾。

吴季英部郎輓聯

季英爲故人曉帆方伯之孫，今年感時疾，與妻女二人相繼而逝。

紀羣累代之交，昌黎又哭殿中君，墓草已看三世宿；
梁孟同時而逝，摩詰兼攜月上女，天花還是一家春。

〔一〕侍，原作「待」，據職官名改。

惲菘耘中丞輓聯

昆陵惲氏分南北二派。本朝有三巡撫，一爲吾師薇叔先生，一爲次山同年前輩，一即君也。君爲薇叔先生猶子，開藩吾浙有年，及升巡撫，止七十餘日奉諱去，然其藩浙多善政。次山同年之撫湖南，祀名宦祠，君將來或亦同之也。

南北派分支以後，入本朝節鉞有三人政績相望，豈惟湘水千秋留召棠遺愛；

東西浙宣化多年，逮暮歲封疆無百日設施未竟，不僅曲園一叟感孔李私交。

朱蘋華大令輓聯

蘋華以庶常改部，自請以知縣官江蘇。去歲有相士勸其留鬚，謂必可得缺，乃竟無驗。舊嘗肄業紫陽書院，故於余執弟子禮，曾製山轎見贈。

起家翰苑，屈爲百里才，憐君撚斷吟髭，未得除書拜黄紙；

同客蘇臺，謬叨一日長，怕我折殘屐齒，曾爲游具製藍輿。藍輿之藍〔一〕從艸，本王右丞「藍輿」「白衣」之對。

陳室胡宜人輓聯

宜人爲陳辰田明經原配，年八十五而終。去歲成婚六十年，行重諧花燭之禮，一時豔之。

牉〔二〕合逾六十年，百歲期頤讓夫壻；

考終完九五福，一堂蹦踊有孫曾。

朱修庭觀察輓聯

修庭自幼能文，應縣府及院試皆弟一人，稱「小三元」。官吴下數十年，不廢嘯詠，著

〔一〕藍，原作「籃」，據上下文改。

〔二〕牉，原作「胖」，據《儀禮·喪服》改。

《雙清閣詩》初、二集若干卷。所居有園林之勝，往歲曾招髯者四人共飲，賓主皆髯，名曰「五髯會」云。

服官卅餘載仕學兼優，雙清閣遺詩，手稿已編初二集；
卜築十數楹園林最好，五髯仙高會，頭銜還帶小三元。

戴美含七十壽聯

美含居休寧之隆阜，有園曰「仿陶」，極園林之勝，集諸名人題詠，刻成一集。今年其七十生辰也，乞余以一聯爲壽，言其少時曾執贄來見。蓋五十年前事，余久不記憶矣。

小築曰仿陶，集名流數百首新詩，爲此地長留風月；
前游曾訪戴，是老夫五十年舊雨，願與君同到期頤。

盛旭人侍郎賀聯

侍郎今年八十有九，八月十三日生日。先一日爲弟四郎君萊蓀授室，猶止十四歲也。

而是歲補行庚子正科，又爲侍郎重宴鹿鳴盛事，書此賀之。

預舉九旬觴，十四歲佳兒笑攜鴛侶拜；
將交八月望，三五夜良會重奏鹿鳴篇。

汪室吴夫人五十壽聯

夫人乃柳門侍郎之配，四月十九生日。柳門曾祖亦以是日生，家人謂與太陽同生日，蓋是日俗傳太陽生日也。

大衍祝齊眉，距觀世音誕降恰三旬，佛國分來無量壽；
小君尊敵體，記曾王父覽揆同一日，大家都慶太陽生。

德清白雲橋聯

亦名雲塘橋，未知建自何年。雍正閒重建，李敏達有碑。今又重建，爲題橋柱。嘉慶四年進士陳斌字陶鄰，有《白雲文集》，時稱白雲先生，即其地人也。

天目山兩乳雙來，鳳舞龍飛，到此始成大結束；
雲塘橋百年重建，虹腰雁齒，於今再焕舊規模。

又

一方水利攸關，讀敏達遺碑，豈止通津便舟楫；
百歲風流未沫，近陶鄰故里，應教比户盛弦歌。

任筱沅中丞賀聯

中丞今年八十生辰，於九月十三日爲其第九郎君子木授室，所娶乃李文忠幼女也。書此賀之，即以爲壽。

雁來秋九月，恰好新郎行第，班列九人，九十其儀，向相門引鳳；
龍興廿八年，欣看元老精神，壽登八秩，八州兼督，卜尚父飛熊。

包纘甫輓聯

余與具曾大父虎臣孝廉交，及君四世矣。君工大小篆，吴愙齋中丞後未見有出其右者。以微員需次吴下而卒，甚可惜也。

忝與曾大父游，吴苑逢君，倍憐我老；

妙得古籀史意，愙齋逝世，又失斯人。

趙卓士從孫壻輓聯

卓士今年就湖北學幕，抱病而歸。小愈來蘇州，見我於春在堂，即辭去。就試秣陵，未及試，卒於客舍。余兄子履卿孝廉遺二孤女，皆余爲遣嫁：長者歸洪氏，今年以疾卒；次即適趙氏，又抱未亡之痛，何皆不幸之甚也！

一握手從此長辭，殁於建業，病早在武昌，來去悤悤如大夢；

兩從孫同時遣嫁，姊竟黄泉，妹亦悲白首，因緣草草只三年。

吴子薇司馬輓聯

子薇年六十三，於八月十四日卒。其六十歲時有自壽詩，和者頗衆。

六十歲高唱陽春，錦字鈔來，正擬和章徵海内；
三五夜待看明月，玉樓歸去，未能佳節賞秋中。

盛旭人侍郎輓聯

侍郎福壽爲同輩中所希有，共知爲常州待雲庵和尚轉世也，年八十九而終，若待至明年，即可奏請重宴恩榮矣。

富貴壽考媲美郭汾陽，五戒是前身，自合三生兼福慧；
兜率海山送歸白太傅，九旬虚一歲，未能兩度宴恩榮。

都韶笙大令輓聯

韶笙桐鄉人，江蘇知縣，生於咸豐四年六月十九，卒於光緒二十八年六月二十三。

游宦到三吳，桐樹涇邊懷舊隱；
去來皆六月，蓮花香裏證前身。

林質侯觀察輓聯

質侯曾權知蘇州府事，臨終語諸子曰：「吾無宦囊，惟以『清白』二字貽汝。」

易簀有遺言，惟願子孫矢清白；
守蘇曾小試，常教父老話龔黄。

沈穀成庶常輓聯

穀成始官水部，繼入翰林，竟以庶常終，不散館，亦奇士也。精通釋典，著有《報恩論》

一卷。卒年七十三。

由水部入詞林，以庶吉士歸田，在認啓單久推前輩；
因儒書通釋典，逾古稀年證果，有報恩論長壽名山。

周笠西同年輓聯

笠西名樂，湖南人。今年奏請於明年癸卯正科重赴鹿鳴筵宴者，余之外，有周君及江南張君丙炎二人。乃至六月，而周君殂謝，承以同譜之誼，赴告於余，寄此聯輓之。

六十年前與君同譜，荏苒至癸卯正科，其福在太傅文忠之上；
四千里外報我噩音，約略檢甲辰小録，並世惟清河學士猶存。

潘譜琴庶常輓聯

譜琴爲相國文恭公之孫，以庶吉士罷歸，巾褐蕭然，與寒士無異。每與余商搉小典故，孜孜不倦。精製肴點，時承分貺。居住石子街，時相過從，二十餘年吴中老友也。

宰相文孫依然儒素，翰林老輩尚有典型，遥遥十九科前，回首望玉堂天上；
郇厨精饌每荷分頒，鄴架奇書常勞代檢，歷歷廿餘年事，傷心過石子街頭。

陸春江方伯配王夫人六十壽聯

夫人於十二月八日生，方伯曾護巡撫印。

六秩啓華筵，恰好良辰過臘八；
三吴開幕府，再來使宅祝秋千。

王復卿明經輓聯

復卿爲菱湖鎮龍湖書院監院。今年正月望，院中有禮事，猶出而主持。越三日遽卒，蓋其宿疾已深也。時有廢書院之議，余曾主是席三十三年，不能無今昔之感，故於次聯及之。

人驚鶴馭太忽忙，元夕留連，三日光陰俄已矣；

我爲龍湖長歎息，老成凋謝，百年壇坫竟如何？

程母裘太夫人九十有二壽聯

夫人爲程輔堂大令母，有四子五孫六曾孫，三月初十日其生日也。大令時權知德清，乞書此聯。

官舍大排當，律中姑洗，節届清明，壽母九旬晉二；
部民工頌禱，年過百齡，堂羅五代，賢侯一歲遷三。

宜興程氏祠堂聯

此亦輔堂大令乞書。自言先世由徽州遷宜興，與二程子有别，二程子出二十六房，其族則出二十七房，蓋同源而異派也。

自休父得姓以來，與伊川明道並振家聲，一様門楣匹純正；
從新安移居到此，於陽羨義興大開祠宇，千秋福祚逮雲仍。

蘇州新建李真人廟聯

真人名育萬，字空凡，元至大時人，年三十二坐化。建廟龍潭，遺蜕猶在，屢著靈異。本朝疊加「廣濟」「宣威」「靈應」封號，同治中頒有「仁德感應」四字額。其廟舊有仙方，分九科，共七百五十方，服之有驗。蘇州府向子振太守因吴中多疫，特建是廟。余爲題此聯。

五百年元氣長鎮龍潭，祀典昭垂，四字褒題頒御墨；
數千里靈旗遠臨鶴市，神方普錫，九科妙劑拜仙丹。

陳母王太恭人輓聯

恭人爲陳藍洲大令之母。藍洲以湖北知縣陳情歸養有年矣。客臘與余書，但言目力稍衰，起居尚無恙，不意越數月而長逝也。卒年八十四，已有曾孫。

八秩又四齡，近時目力稍衰，見説〔一〕起居如往日；
一堂將五代，有子宦情素淡，歸來侍養已多年。

錢室蕭夫人輓聯

夫人爲錢益甫觀察之配，生於道光二十八年七月三日，殁於光緒二十九年四月九日。

乞巧前四夜披雲錦衣來，想見宿根由慧業；
浴佛後一日到波羅蜜去，遥知證果在靈山。

惲季文中翰五十壽聯

季文乃湘撫次山同年子，慷慨有大志，且喜爲詩。以拔貢生官内閣中書，以母戴夫人老，故不出也。

〔一〕說，原作「訙」，據文意改。

爲名父子奉母家居，荏苒年華，已到遽大夫五十歲；
負經世才以詩見志，激昂意氣，儼然陳同甫一流人。

宋氏祠堂聯

祠在西湖卧龍橋畔，乃里六橋之一也。

溯從壯武公後代有傳人，開元宰輔，天聖狀頭，卓犖大名滿霄壤；
爰於新小隄邊聿興祠宇，曲港金沙，長橋玉帶，蔥蘢佳氣到雲仍。

山塘李文忠公祠聯

有詔立功省份皆建專祠，蘇州建於山塘，爲題此聯。

鍾閒氣龍文虎武，由瀧岳降神，千秋又見臨淮李；
奏元功北旆西旌，自蘇臺發軔，四境長留召伯棠。

王同伯比部輓聯

同伯以進士官刑曹，奉母家居，遂不出。余主講詁〔一〕經，曾來充監院。去歲余至西湖，猶訪我於碧霞西舍也。

壯歲策名北闕，榮列白雲司，廿載棲遲，洛社高風留故里；
去年訪我西泠，清談碧霞舍，一朝凋謝，湖樓舊雨失斯人。

柴功甫大守輓聯

功甫白手起家，仕吴下，以知府候補，年八十五而終，有子七人、孫十三人、曾孫五人。

卅載宦三吴，福禄壽俱高，喜登仕版二千石；
一堂羅四代，子孫曾咸集，哭拜靈筵廿五人。

〔一〕詁，原作「誥」，據文意改。

福州吴興會館聯

福建省城新建吴興會館，同鄉諸君屬題此聯。

千里到榕城，好領畧丹荔黄蕉風味；
一樽話茗水，最難忘白蘋紅蓼汀洲。

吴希玉大令輓聯

大令爲余孫陛雲鄉榜同年，後成進士，以知縣官江西。罷歸，貧甚，年六十六而卒，幾無以爲斂，亦文人之薄命者。將卒前五日，猶來見我於春在堂云。

六旬翁鄉舉附孫行，五日之前猶見我；
百里宰家居以窮死，一官如此最憐君。

廖仲山尚書輓聯

仲山由翰林起家，官至禮部尚書，引疾歸。因其先德曾致力於《路史》一書，未卒業，與其兄穀似中丞共成之，年六十五而卒。余孫陛雲應朝考受其知，庚子之變同在京師，可謂相從於患難者矣。

曳尚書之履歸卧鄉園，與阿兄撰著名山，不憚辛勤成父志；
逾耆壽而終共推全福，憶吾孫追隨京國，正因憂患見師恩。

許菊圃喜聯

杭州許氏爲浙西望族，世所稱七子登科者，菊圃之大父行也。九月十三日完姻，書此賀之。

節序過重陽，喜見菊花開竝蒂；

科名繩七子，先將萱草〔一〕祝宜男。

餘杭縣文昌閣聯

在縣城東南，明萬曆年建，閣圮又新之，邑人乞題此聯。「大滌」乃其邑之名山也。

溯前朝建造以來，日啓離明，每見奎光騰六府；
自大滌鍾靈到此，地當巽位，長留傑閣鎮千秋。

汪母黄太夫人輓聯

太夫人爲耕餘觀察之配。耕餘宰嘉定時，夫人曾置紡紗車數千具頒賜民間，教之紡紗，至今蒙利。及其長子鈞官河南鄢陵令，值河決，夫人又助之振。詔以「樂善好施」旌其門。

〔一〕草，原作「章」，據文意改。

撤瑱振中州，帝用褒嘉，豈止歡聲騰赤子；
嗚機課窮巷，民資樂利，允宜祀典配黄婆。

陸立盦庶常給假歸娶賀聯

庶常名鳳儀，登弟後完姻，年二十四，鄉、會聯捷。

給假賦催妝，勿徒豔説隨園，好同符吴縣文恭與溧陽文靖；
聯科登上第，更喜妙齡弱冠，待異日瓊林重宴即花燭重圓。

章式之刑部賀聯

式之捷禮闈，分刑部，乞假南歸，親友聚賀。是日爲十一月十二日，距冬至六日，乃其母夫人生日也。

京國賦歸來，慈壽欣當日南至；
山堂精考索，清班應屬魯東家。

彭贊臣庶常輓聯

贊臣名世襄，光緒癸卯以庶吉士假旋，到家即卒。相傳爲湖北某郡城隍，不知何所自也。其家以會試墨卷與赴狀同投，亦可悲矣。

衣錦喜榮歸，俄傳吉士頭銜寫入縉雲新記；
報羅驚大去，堪歎長安行卷附來𩟗露哀詞。

聶仲芳中丞五十壽聯

中丞四十生日，余曾以一聯爲壽。今五十矣，適撫吾浙，因又贈此。

憶四旬初度曾獻一聯，荏苒閱十年，虎武龍文滿中外；
際二月仲春欣開六袠，謳歌聽兩浙，吴山越水共高深。

蘇州省城浙江會館聯

蘇城向無浙江會館，今始有之，題此以落其成。

從吾浙挂席而來，歷四百里津梁亭堠到此名區，閭閻殷富，山水清嘉，開拓心胸知幾許；
登斯堂舉杯相屬，合十一郡文物衣冠成兹良會，襟上酒痕，袖中詩本，流連風景意云何。

劉母楊太夫人輓聯

太夫人爲劉有光〔一〕大令之母，甘肅河西縣人。其地素産布，太夫人自少即以紡紗織布爲事。及大令官江蘇，就養署齋，依然布素也。聞鞭笞聲輒不樂，每勸大令虚心研鞫，勿事刑求，誠賢母也。

布帔不嫌麤，從前窗下鳴機，常自絲絲纖吉貝；

〔一〕 有光，原空缺，據《滇南碑傳集·劉母楊太夫人墓誌銘》補。

蒲鞭猶覺重，此後堂前聽訟，更誰絮絮問平反。

陳辰田明經輓聯

辰田年八十時，重諧花燭，重游泮水，余曾以一聯壽之。年八十三而終，少於余一歲。

六十年重諧花燭，再掇芹香，喜今五福俱全，如此完人能有幾？
八旬翁已越三齡，未登九秩，歎我一年差長，可知來日亦無多。

沈義民同年九十壽聯

義民甲辰副榜、丙午舉人，歷宰江蘇大縣，兼精醫。光緒甲辰年九十歲，至後年丙午則重宴鹿鳴矣。

是名宦是名醫是名孝廉，後此一科，小雅笙簧重宴樂；
又同鄉又同年又同寄寓，長吾六歲，先生杖履倍精神。

翁叔平相國輓聯

公之歿也，奏入報聞。昔白香山卒，或爲請謚。上曰：「何不取《醉吟先生傳》看？」竟不予謚。上聯亦微有寓意。

白傳一篇醉吟傳；
緑圖兩代帝王師。

贈張真人聯

真人名元旭，字曉初，以事至蘇，乞書此聯。

於仙佛外别開一派；
從漢唐來自有千秋。

留園戲臺聯

十餘年前爲園主人盛旭人侍郎書，久不記憶。有游留園歸者爲誦之，補録於此。

一部廿四史譜成今古傳奇，英雄事業，兒女情懷，都付與紅牙檀版；

百年三萬場樂此春秋佳日，酒坐簪纓，歌筵絲竹，問〔一〕何如緑野平泉？

向子振觀察六十壽聯

子振時官雷瓊道，適有土寇犯境，擊卻之。

數百里疆宇乂安，尋海瓊子葛仙游迹；

六十歲精神强固，播漢將軍向寵威名。

〔一〕問，原作「問」，據文意改。

周伯英姨甥女輓聯

伯英歸張氏，其夫亡，支持門户，保守田園，頗於張氏有功。其父周君雲笈，余之僚壻；其母乃姚夫人之伯姊也，故自其六七歲時，余即見之，然今年亦七十三矣。

憶幼時婉孌出拜，情景非遥，荏苒歲華成老病；

歎年來撑掮持家，田園無恙，艱難祖業付兒孫。

蘇州玄妙觀祝釐公所聯

光緒三十年十月，恭逢皇太后七旬萬壽，蘇州士大夫以玄妙觀爲祝釐公所，届期咸集，舞蹈趨蹌，羇旅小臣亦與瞻拜，敬題此聯。

溯聖朝定鼎以來，從順治而康熙雍正及乾嘉道咸同光，文謨武烈，造成百代丕基，尚賴皇太后日新日日新，玉律金科皆有敘；

就蘇郡提封之内，合吴縣與長洲元和暨崑新常昭江震，白叟黄童，羅拜七旬壽宇，並祝聖天子萬歲萬萬歲，娥臺姒幄共無疆。

公所閎敞，一聯不足，再獻數聯：

重輪重光尊二聖；
十月十日祝千秋。

北闕奏笙簧，悉稟嬀皇聖製；
南邦采芝朮，最宜泰伯遺封。

慈壽慶七旬，七始七元，七百年重開景運；
良辰逢十月，十風十雨，十千耦共樂綏豐。

良月月真良，催回大地祥和，一曲陽春調律琯；
小春春不小，勝似滿城桃李，三句花樣豔宫袍。功令，文武官穿蟒袍一月。

費屺懷太史暨徐宜人五十雙壽聯

太史生日適逢家忌，九月十八日宜人生日也，弧帨並陳，書此爲壽。

成紀安喜，合爲百歲；
長生久視，補作重陽。唐權德輿封成紀縣伯，妻封安喜縣君，有詩見本集，上聯用此。唐懿宗歌云：「長生白，久視黄，同拜金剛不壞王。」並菊花名也，下聯用此。費氏懸此聯於聽事，見者多不解，聊識於此。

曾母丁太夫人輓聯

太夫人之歸於丁氏也，自匿其年三歲，故今年九十，實則九十三矣，蓋蘇俗然也。其生於九月三日，其卒於八月二十七日，是月小盡，距生辰五日耳。

計閏作三年，援昔賢官年之例又實增三年，雖欠四齡亦人瑞；
設帨當九月，至今歲壯月而終已將交九月，再遲五日即生辰。

沈問梅贈君輓聯

君行年七十，其次公子梅觀察自津門馳歸，甫舉壽觴，即捐賓館。君宰吴江時，余託其購求雪港沈氏《昭代叢書》，故其卒也書此輓之。久不存稿，而其長公旭初觀察尚能誦之，因補録焉。

七秩甫稱觴，洛社春深，有子津門旋宦轍；
十年重感舊，吴江楓冷，煩君雪港訪遺書。

沈芳衢孝廉賀聯

芳衢由副榜中式，故首聯云然。此聯亦失記，乃翁旭初觀察屬補録之。

兩度游月宫，符君家故事；
一飛到霄漢，乘來歲春風。

姚訪梅都轉輓聯

余前寓天津，始與君識，今四十餘年矣。自營生壙在嘉興城外，頗有丘壑，榜曰「又一村」。

溯從前同寓丁沽，四十年來喜見高門侔萬石；
想此後重經丙舍，又一村裏長留佳氣到千秋。

李勉林制府輓聯

公以諸生從戎，官至巡撫，薨於兩江署任。時各國賠欵改銀爲金，公易簀前旬日，猶會商各督撫，合詞電達外務部，請其力爭，惜未之從也。

范文正起自秀才，白首建高牙，正爲長江嚴管鍵；
寇萊公力爭歲幣，黄金擲虚牝，誰憐中土竭脂膏？

沈氏節烈坊柱聯

德清縣學生沈寅恭妻周氏，夫亡守節，以節婦旌；副貢生沈寅禾妻馬氏，徇夫而死，以烈婦旌。二婦乃娣姒也，合建一坊，余題其柱。

十載兩旌門，節與烈並達九天，壼史修二賢合傳；
一堂雙築里，姒及娣並堪千古，家風振八詠清聲。

孫仁甫明經七十壽聯

君生於十二月初七日。其家富於藏書，乾隆間開四庫館，呈進書籍甚多。

爲古稀翁豫祝百年，先臈八日敬舉壽觴，共傾新釀酒；
愿中興朝重開四庫，與天一閣同修故事，再進舊藏書。

台州彭剛直公祠聯

台州民金滿，字玉堂，素豪横，有周孝侯風，頗爲鄉里患。剛直憐其才，招致麾下，授以右職，積功至守備。玉堂感念舊德，即於其鄉創建公祠，命子孫世祀之。公之破格憐才，玉堂之感恩報德，皆可傳也。故題此聯，以落其成。

感當年白髮尚書費一片婆心，招得英雄侍鞭弭；
看此日赤城勝地崇千秋廟貌，留將俎豆鎮溪山。

蘇州府署閒園聯

郡署東偏舊有一園，有桃隝、竹簃諸勝，名之曰「閒」，取樂天詩意也。余婿許子原守是郡，稍修葺之，爲題此聯。

本黄歇故封，雄開劇郡，士民殷庶，財賦豐饒，賴有小園林借半日光陰稍談風月；
用白詩遺意，肇錫嘉名，桃隝春朝，竹簃秋夕，惟願賢太守與三吴父老共樂寬閒。

沈旭初觀察謝夫人雙壽聯

觀察與夫人同於正月十三日生，夫人年五十，觀察則六十有八，準功令計閏，九十七可作一百，則六十八可作七十矣。

蓬山仙眷一日同來，預支佳節元宵，賞此十三風月；
柳絮清才五旬未老，請計先生閏歲，合成百廿春秋。

劉景韓中丞輓聯

中丞前在天津與大兒同官，甚相得。後撫浙，坐疆事免。

疆事處萬難，青史應留公論在；
交情聯兩世，白頭殊歎故人稀。

徐孝女六十壽聯

長洲縣屬永昌鎮徐氏女，名淑英，以孝旌。父名佩藻，字子芹，臨歿時語女曰：「汝弟尚幼，汝能不嫁，爲我撫之乎？」女曰：「諾。」父以田三百畝予之，女遂不嫁，持家撫弟。弟既成立，娶婦且入學矣。其父素有意欲立義莊，而田止五百畝，因循未果。女以父所予三百畝益之，又歷年節省，續購田二百畝，合成一千畝建義莊，以成父志。光緒三十一年，女年六十歲，戚黨嘉之，爲徵壽言。

成父志，以一千畝建立義莊，綽楔高標東海望族；
守女貞，至六十歲撫成弱弟，環瑱長壽北宫嬰兒。

劉仲良制軍八十壽聯

公曾撫吾浙，四月四日其生日也。

浴佛前四日先瞻南極壽星，共拜東坡北斗；

去浙後廿年尚有西湖舊雨，寄懷謝傅東山。

郭穀齋觀察輓聯

余與郭氏世有淵源：君之祖乃先大夫同年也；余從孫劍孫以丙子舉於鄉，君又適爲内監試；余孫應經濟特科取一等，君之子侍郎君又爲閲卷官。今歲君年七十有六，以金衢嚴道署臬司而卒。

届八旬耄耋之年，霜柏外臺留得召棠古遺愛；
統四世淵源而論，雲萍小録感懷孔李舊通家。

劉吉園總戎輓聯

吉園以武童從軍，首破小池口賊壘，遂知名。曾從事左忠襄甘肅軍營，後爲楊石泉中丞調至吾浙，署定海總兵，補温州總兵。其統帶省城防軍也，頗有榮績。杭州水星閣存貯火藥甚多，君於四圍厚築垣。及後火藥局災，而居民不傷，此一事杭人至今感之。其時俞樓亦頗震動也。

小池口破賊以來，復九江復安慶，功冠戎行，及内地肅清金城郡，匹馬長征，轉戰更經邊徼外；

兩浙間倚公爲重，鎮定海鎮温州，望隆專閫，即會垣防禦水星閣，崇墉高築，小樓亦在保全中。

譚文勤公輓聯

公在同治初以御史上一封奏，頗稱旨，後之大用由此也。及撫陜，值大無。公先在藩司任，積錢粟無算。他省皆紛紛請振，而陜寂然。或疑其膜視，不知其備之有素也。公訪余湖上，言此甚詳。公自杭州府遷豫臬以去，不十年撫浙，惠政甚多，而修復文瀾閣及鈔補《四庫全書》，士林尤稱頌焉。在浙適逢六十生日，余以文壽之。今聞公訃，寄輓此聯。

同治初密陳一疏，宗社攸關，及開府秦中活萬户災黎，不待泛舟有仁粟；

臨安郡小别十年，封疆坐領，憶清尊湖上祝六旬初度，正當傑閣建文瀾。

劉仲良制府輓聯

公由浙撫遷川督，與洋人齟齬，罷歸。今年四月八十生辰，余寄一聯壽之，公手書報謝。乃至七月以微疴遽卒，八月朔始由郵局遞到前書，亦可歎也。

兩川抛玉節，拂袖遄歸，疆事艱難，且領取十年林下樂；
八秩醉瓊筵，投杯仙去，郵筒遲滯，猶傳來四月案頭書。

費屺懷太史輓聯

太史甫留館，即放浙江副主考。喜談古義，所取各卷多主公羊家言，撤棘後亦毁譽參半。今年五月訪我春在堂，坐談良久。未幾以洪昉思歌版見示，余賦二絶句而歸之。不謂其微疾遽卒也。

詞曹一出，便主持浙水文衡，高坐棘闈談古義；
小别四旬，尚傳示洪家歌版，驟聞蒿里發哀音。

湯室周夫人輓聯

夫人爲味卿大令之配。大令乃余門下士吴焕卿在浙充鄉試房官所得士也。夫人因其子以知府官江蘇，從宦至吴而卒。

封鮓勗兒曹，方期多子多孫，兩老遐齡登耄耋；
弋鳧相夫壻，深惜門生門下，百年良佐失姬姜。

馮仲梓廉訪輓聯

仲梓自幼家貧，恒食粥。後官陝西臬使，署藩司。適兩宫西狩，臘八日賜粥食之，是夕中風，四肢不仁，引疾歸。感時事多艱，輒歎息流涕，病中於東三省之事尤憤憤云。

顔魯公食粥，不諱言貧，晚歲恩榮臘八日，寵頒新玉粒；
賈太傅憂時，可爲流涕，病中憤懣東三省，泣念舊金湯。

潘室孔夫人輓聯

夫人爲潘築巖太守繼配。其來歸也，甫合巹，即眩仆於牀，賀客皆驚散。卒於乙巳年八月十八日，則其年亦四十有二矣。

却扇便驚心，憔悴姬姜喜過四旬還益算；
鼓盆重隕涕，淒涼夫壻忍教八月再觀濤。

善伯封翁輓聯

翁名恩元，曾奉旨馳驛赴都將軍營，時稱異數。後歷知秦中劇縣，皆有聲。晚年以次子仲萊閣學官泰寧總兵，賜「教忠裕後」額，其餘子孫亦皆貴顯。余識其長公召南觀察，余孫陛雲以朝考受知於閣學云。

卅年來馳傳從軍，特膺異數，鳴琴治縣，大起循聲，晚因賢子推恩，鳳闕星雲頒御墨；
一門內龍文虎武，中外知名，杞梓蘭蓀，後先濟美，私喜吾孫徼幸，鯉庭桃李被清陰。

湯母葛夫人輓聯

夫人爲埶仙庶常之母，家貧，不役婢，媪躬自操作，常一手抱兒，一手治事。年二十有六産埶仙，臨蓐五日而始生。緣是得暈眩之疾，久而不瘳，竟以此卒，然年已七十六矣。

二十六得病，七十六告終，慈壽已高，寤生原不驚姜氏；

一左手劍兒，一右手治事，劬勞實甚，遺像長教泣秺侯。

羅少耕觀察輓聯

少耕曾充出使日本大臣隨員，爲横濱領事官。旋蒙記名侯簡出使大臣，後官江蘇糧道兼蘇海關監督。以病乞休，終於蘇寓。

星槎奉使，日窟從公，方期重任躬膺，域外遐探大瀛海；

漕節巡游，雄關坐領，何意微痾引退，吴中虚築小行窩。

陸蔚庭太守輓聯

蔚庭乃心農同年之子，成進士，入詞林，簡放江西、湖北副主考。官至河南汝寧府知府，在任八年，兩次蒙傳旨嘉奬。

花甎接武，棘院衡文，真不媿六十年狀元門第；
八載賢勞，兩回嘉奬，最難忘二千石太守循良。

王止軒太守輓聯

止軒入詞林，未得一差；以知府仕中州，未得一缺，遇亦蹇矣。然身後所遺著述甚富，臨殁自撰輓聯猶及之。其弟子詒以母病請以身代，遂投月湖死，世稱王孝子。及止軒殁，妻陶氏仰藥死柩側，亦以烈旌。

讀中祕未司文柄，請外任未綰郡符，廿載長貧，空有芬芳留藝苑；
昔弱弟以殉孝亡，今令妻以從夫死，九原相見，大堪焜燿在泉臺。

李鴻渚封翁輓聯

君德行信於鄉里，其鄉有二次以微故釀械鬬之禍，皆得君片言而解。庚子歲，夢至一處，山水清淑，園林疏曠，宫室巍然，中有虚位。及乙巳夏，又夢至其處，自知不久，明年丙午正月遂卒。其子鐘鼎欲乞余一言，因力疾書此聯。

閭里爭訟，取決一言，是真長者；
兜率海山，竟歸何處，君其仙乎？

任筱沅中丞輓聯

中丞以拔貢生官至浙江巡撫，在吾浙頗有聲。謝病歸，年已八十，寓吴下，時相過從。今年正月二日，猶親來賀歲，其精力固未衰也。越二十日竟捐館舍，殊令人悽惋也。中丞父爲先祖甲寅同年，以行輩論，蓋長於余云。

由拔萃起家，踌歷封圻，兩浙閒頌聲至今猶在耳；

歎新正賀歲尚勞車騎，百年前世誼此外更無人。

惲母戴夫人八十壽聯

夫人爲惲次山中丞之配，生於五月十三日，於四月二十四日豫祝。夫人頗工文墨，老年無事，喜以樗蒲消遣。

從八旬曼衍，開上壽期頤，彩格歲編金葉子；
借四月清和，圓端陽家宴〔一〕，綺筵人戴石榴花。

陳鹿笙方伯八十壽聯

鹿笙官蜀藩，曾攝川督。壬寅歲守城有功，曾繪《衣冠巷戰圖》，余有詩紀之。及罷歸，以曾官杭州太守，即寓於杭。今年八十，書此爲壽。

〔一〕「圓」上，原衍「支」，據文意删。

節麾五千里，歸到白蘇隄，壇坫司盟前太守；
杖履八十翁，大開黄綺宴，衣冠巷戰老英雄。

又

撰前聯後，又知方伯生於六月，今於四月中旬豫祝。其長子幼鹿觀察，年亦六十矣。橋梓同慶，洵佳話也。又撰此聯，命陛雲寫寄。

衣冠巷戰歸來，小住明湖，届耄壽八旬，看令子六旬舞綵；
琴劍宦游舊地，大開盛會，先誕生兩月，卜良辰四月稱觴。

彭景雲孝廉輓聯

景雲乃剛直公第四孫也，欽賜舉人。負美才，中年萎謝，三黨惜之。

一枝桂從丹鳳銜來，清才竟以孝廉老；
千里駒惜季騧化去，哀淚重爲剛直揮。

胡效山觀察輓聯

效山以進士官至陜西延榆綏道，謝病歸，就養吴中。少年時文名頗盛，在都下以授徒爲業，門下多貴顯者，今溥玉岑尚書即其一也。余與其令叔廸甫君爲庚戌同年，故與相識。易簀前一月猶過我春在堂，以所選《西湖詩録》求序也。

都下播文名，數年來宦興久闌，回思問字人多，猶有尚書留北闕；
吴中尋世好，一月前吟笻小駐，爲報選詩功竟，已堪小集訂西湖。

胡室楊淑人輓聯

淑人爲志雲太守之配，即效山觀察子婦也，先效山三日卒。志雲適以海運事留滯京師，聞病乞假歸，則已不及見矣。

先阿翁三日游仙，仍向九原侍饍；
催夫壻重洋歸棹，空勞一慟凭棺。

陳鹿笙方伯輓聯

君在成都有《衣冠巷戰圖》，事已見前。余自君守温州時相識，垂三十餘年。今年君自知不起，五月二十八日口授一書與余訣，并贈五絶句，又寄示《絶筆詩》七律十首。是月小盡，至六月六日而卒，僅閒七日耳。

傾蓋後逾卅年，欣看一劍指揮，直把狂瀾三峽挽；

易簀前僅七日，猶有五詩投贈，并傳絶筆十篇來。

贈陶星如聯

星如名洙，常州人，爲陳小石中丞幕客。長於丹青，爲余寫真甚肖。

杜少陵諸侯老賓客；

王摩詰前身一畫師。

陸母郭太夫人輓聯

太夫人爲陸申甫糧道之祖母，年八十六而終，已有玄孫五人矣。

距九秩止四齡，藕節延年，計壽又加兩閏歲；
羅一堂將六代，麻衣拉淚，拜賓已有五玄孫。

惲母戴太夫人輓聯

太夫人爲次山中丞繼配，今年八十生日，余以一聯壽之，已録於前矣。夫人豪邁，有丈夫風，自號洗蕉老人。其家有老櫟一株，故有「櫟存草堂」額，余所書也。

大家軌範，豪有丈夫風，四坐聽高談，豈止庭蕉閒自洗；
極品榮封，兼享耄期壽，八旬開綺宴，猶祈園櫟老常存。

易笏山方伯輓聯

駱文忠公之督師入蜀也，檄君募鄉兵二千以從，途與石達開大股賊遇，或曰：「無與我事，可避勿擊。」君曰：「天下之賊，當爲天下殺之，庸可避乎？」而衆寡不敵，與戰小挫。君於象鼻嶺下解鞍踞地坐，賊莫能測，竟引去。時湘軍防寶慶，未防澧，賴此以全，湘人至今感之。後仕至江蘇布政司。引疾歸，愛廬山之勝，築室名「琴心樓」，竟卒於此。臨終衣冠端坐而逝，亦奇人也。

早歲募一軍以出，使關湘澧安危，象鼻嶺前箕踞平原酣戰後；

晚年從〔一〕五老而游，竟在匡廬歸去，琴心樓上衣冠危坐考終時。

〔一〕從，原作「後」，據文意改。

汪小樵封翁九十冥壽聯

冥壽，俗例也。然顧亭林《丁貢士熊飛亡考生日》詩〔一〕，則名人集中亦有之矣。小樵汪君爲余老友，道光戊戌、己亥間與同讀書於杭州考寓，今歲存年九十矣。其嗣君皅亭侍郎敬營齋奠，余爲題此聯。

回思明聖湖邊六十八年前，鐵硯互商文字；
遥想大羅天上九洲三島客，玉樓同拜神仙。

嵊縣金氏養老堂聯

堂中額養老者一百人，籌備經費至三萬緡有奇，乃金君禄甫承其父孔昭君遺意而成之者也。

〔一〕「林」下，疑當有「有」字。

麗眉皓首聚至一百人，饘於是鬻於是，矍鑠同堂，良亦熙朝小祥瑞；
仁粟義漿積成三萬貫，父作之子述之，拮据兩世，允稱菩薩大慈悲。

杭州然藜集惜字會聽事聯

萬事萬物皆由文字留傳，寶貴真堪同菽粟；
一點一畫可見圖書精蘊，零星何忍委泥塗。

王爵棠中丞輓聯

中丞由監司起家，以文員從軍，官至廣西巡撫，充出使俄法大臣。彭剛直公曾以「誠正篤實」薦，著有《國朝柔遠記》，余爲之序。

長於軍旅，又擅使才，經濟文章，請讀聖朝柔遠記；
起自監司，疊膺疆寄，誠正篤實，曾登剛直薦賢書。

楹聯附録

集秦篆

繹山碑

道因時以立；功高斯不伐；昧乃明之極；金經略成誦；

理自天而開。理定自無事。昔者今所因。白日長無爲。

去日極可念；亂流自起滅；惟止乃能動；爲言今日樂；

遠山如相親。遠山時有無。因昧而爲明。因理昔時書。

四野自高下；德成言乃立；相親維白石；山去天不遠；
萬山時有無。義在利斯長。所誦此金經。石無土而高。

山石不流動；書久繹乃顯；臣家今高國；
天日自高明。理日戰而强。帝德古成康。

略具四時所樂；臣以壹經自樂；維以經史爲樂；極四時之所樂；
不爭壹日之長。史稱萬石之家。時有山澤之思。襲六經而成書。

有莫能言者樂；樂山澤而之野；帝德萬世無極；壹威儀以成德；
無不成誦之書。明經義以著書。臣家壹經如初。澤經史而立言。

除誦經無所作；盛世不言遠略；
思去日有如斯。臣家自昔明經。

理義明時有建白；
功夫定後無思維。

言之高下在於理；
道無古今維其時。

澤以長流乃稱遠；
山因直上而成高。

世不能爭維此理；
臣之所樂莫如書。

自古以有年爲樂；
方今如初日之長。

登高因誦白也作；
立石自刻獻之書。

自天降康年乃有；
及時爲樂臣所能。

日莫萬山如無有；
天高四野極分明。

略誦古今成野史；
具言金石著山經。

有無不爭家之樂；
上下相親國乃康。

盡日相親維有石；
長年可樂莫如書。

昔之所經極可念；
今如不樂請復思。

古書明昧久乃顯；
遠山高下初如無。

以經史爲無盡義；
不山澤而有遠思。

極盡四時之所樂；
自成壹家以立言。

遠山相從久不去；
亂石羣立長無言。

此日壹去不可復；
及時爲樂其無辭。

六經盡爲道而作；
羣書以久繹逌明。

古今之樂盡此矣；
山野所樂如斯夫。

無言者天此理顯；
有道之世其日長。

世登上理有極樂；臣除經義無壹長。

臣於世不爭功利；日在家維誦道經。

起滅萬流金自定；久長壹念石爲開。

白樂天因天而樂；王無功成功如無。

道理分明方及遠；功夫長久可爲山。

帝立四維而定國；臣誦壹經以起家。

請于極盛登咸世；誦此無爲道德經。

請於泰上無爲世；長作天家在野臣。

維孝於親有石建；不言所利無王戎。

爲樂極之五六日；著書可以十萬言。

下臣所樂維經義；上理無爲稱詔書。

維於經義有獻可；不從時世復爭長。

戎功久著今天下；高義咸稱古相臣。

樂其所樂莫之禁；利不言利無能爭。

始于在家能及遠；因之爲道如登高。

家無所有黔長樂；世盡能思白不羣。

白日無爲羣動止；金經成誦萬言除。

時定始成金石樂；功高長在帝王家。

四時不害年可樂；數世之利書爲長。

久從山澤言辭直；除夫經書家具無。

時繹古書明古義；　天年自樂今山長；　此樂無極臣壹石；　時從野臣著野史；
請從山野著山經。　帝德能書昔史臣。　斯世其康帝萬年。　久於山澤稱山家。

帝德不以首山顯；　無古無今道維壹；　動之作之咸有道；　家有義方稱長者；
臣年乃如野王高。　有可有不理自明。　高也明也今夫天。　道維强立在初年。

道在無言天自顯；　不以經明思自薦；
年高有德世咸親。　維其道在澤長流。

亂流四下疾於夫不；　四時所樂具在于此；　遠在泰古乃有此樂；
古石羣立作其之而。　六經之義不盡於斯。　盡刻斯世所無之書。

登高而思此樂萬古；　威儀可親帝稱長者；　既動復止初念不及；
立言不襲自成壹家。　康强不害臣樂高年。　自昧而明羣言盡除。

登高而盡四野所有；强者明者乃能斯道；初念長明如暴之日；
著書以成壹家之言。盡矣極矣而復其初。壹成不動所樂者山。

山高流長請從所樂；書無經史咸極其義；帝稱其功世樂其利；
道成德立自顯於時。山有土石分爲之辭。及後者德定遠者威。

莫不樂其樂利其利；威制暴强惠及山野；具著於書以明古義；
斯乃言無言爲無爲。澤流後世功在邦家。有如此樂維在山家。

功德既高長在國史；經史之澤可以及後；古稱不德乃爲上德；
金石之樂下及臣家。道德既高因而顯親。夫維無爭斯莫之爭。

家世之盛長爲稱首；
著作所定無不成書。

道義自高如立六國相；　及時爲樂請自今日始；
著作極盛可稱萬石家。　於世無事長如泰古初。

道其道德其德義理自在；
高者高下者下山澤攸分。

後日思今，今復思昔，不如盡除此念；
天下在國，國乃在家，其維自定於初。

自泰初而皇而帝而王，理亂相從，止此壹道；
念古昔立德立功立言，辭義不襲，具在六經。

集漢隸一

校官碑

文章昔潘樂；清風表介節；閑來絶人迹；陳詩聆國政；
家世今國高。奥義發雄文。壄外聆禽聲。講易剖天心。

壄竹有高節？君子焉不學？
文禽無俗聲。國人胥曰攺。

三公不易介節；學不講將焉獲？不役世俗之樂；謀于壄學有獲；
一官自樂天年。禮既復即是仁。惟謀我心所安。脩之家德乃長。

獲一善無失之；
即三公不易矣。

脩竹不孤君是矣；清風在户我招之。

自將詩禮垂家教；惟秉忠貞佐聖君。

自抱高風詩典雅；不矜介節竹平安。

所教學不外詩禮；既安樂且長子孫。

武公之詩是曰抑；老子所寶首在慈。

公旦垂聲周有雅；屈平高蹈楚無風。

自昔學詩宗表聖；於今謂易有君平。

周詩漢賦自典重；清流脩竹人平安。

老年不失髫年樂；今世重親上世人。

清高自作詩家祖；平易長存壄外風。

平旦所息長在抱；清風自來初無私。

清風無私雅愛我；脩竹有節長呼君。

利在所輕義自重；德之既高文不卑。

崇高將冠百官表；閑雅不矜一藝長。

高人不附百官表；詩老親呼一字師。

白陳心迹詩之聖；不用矜張文有神。

昔年絶作屈平賦；今世高風表聖詩。

高義自脩無德色；老年長樂有童心。

脩德克昌焉有艾；抱詩自樂一無疑。

君子在上衆歡樂；國人曰臤無阿私。

君子詩學自卓絶；
我薦師資無阿私。

壄無人迹禽聲樂；
户有輕風竹景疏。

清絶作詩無俗字；
閑來叩户有高朋。

人之進退在繇禮；
官無崇卑惟愛民。

尚有典章平子賦；
從無聲色樂天詩。

詩有清風師正雅；
字無俗迹學來禽。

字無流俗形聲正；
詩不矜張結構安。

是迹是神無乃有；
即生即息貞復元。

長令子孫親有德；
自將詩賦樂平主。

平安自愛高人竹；
清遠初疑壄老家。

學有師資在平昔；
老將謀樂從今兹。

文禽發聲清于磬；
脩竹結實陳我匽。

世有令德在君子；
心虖愛民惟仁人。

自愛初無阿世學；
之官即有利民心。

愛樂天詩初不俗；
抱君平易自無疑。

親仁寶善資民利；
講武脩文佐聖謨。

聖垂六藝禮樂作；
天賦三德仁智存。

自是高人長不老；
即今脩竹復生孫。

文章尒雅從無俗；
詩賦風流自有神。

雅藝惟詩三絶冠；
受廛有竹一家清。

所愛文章宗尒雅；不將詩賦表風流。

閑家用老子三寶；從政稟周官六廉。

國家將興有臤佐；文武所稟惟聖謨。

實用閑存惟聖學；善謀克復即天心。

謀樂不在文字外；學詩胥從風雅來。

百姓樂呼臤令尹；一官即是昔公侯。

自有高朋將學講；且教童子抱詩來。

壄興且教從衆樂；高年初不用童扶。

文藝從來資尒雅；進脩元不失風流。

絶藝無雙在文字；用心克一自優長。

壄色有無在平旦；清流屈曲抱詩家。

有三公不易之介；無一藝自用乃高。

化虗彼我元無迹；存尒天君即在心。

即用詩章陳國政；長從壄老察官聲。

從我所樂有學在；操之即存惟心虗？

叩户從來無俗迹；抱詩所在有清聲。

壄外高人元不俗；詩家老將自來雄。

惟學藝文抑末也；克脩德義是賢虗？

儀容閑雅人胥愛；文字優長世所師。

清風高節世所重；令子臤孫家將興。

脩德不矜官位重；文禽雙來聲歡樂；自是清高無俗尚；高興且謀壄外樂；
克家惟在子孫皈。清流一曲人優閑。從來文雅即風流。雄文尚有國初風。

自是壄人親壄景；童子一人親執役；閑招壄色來平楚；彊抑直流生一曲；
惟將家學永家聲。高年三老來作朋。曲受清流生遠風。閑招孤景作三人。

一家長有歡樂色；天賦清高絶流俗；
百年從無彼我心。老垂著作貽子孫。

履仁蹈義用脩我德；仁義自脩君子安雅；除周孔外初無絶學；
學詩講禮克昌尒家。詩禮之教家人利貞。繇楚漢來乃有雄文。

樂民之樂皈於自樂；長于從政不惟三善；國政民風垂之詩教；
仁人安仁實即利仁。卓彼著作自是一家。進禮退義閑于聖謨。

除文字外一無所愛；禮樂既脩垂之教化；心虖愛人即仁即智；
有脩竹在衆呼曰君。進退無失閑于容儀。抱兹介節不卑不高。

愛衆親仁世之師表；克制彼私平旦有息；愛樂天詩不流乎俗；
脩文講武民乃景從。不役于俗天君乃安。學宗師文克進于安。

孝虖惟孝家即有政；惟善是師今之臤尹；清流所受不直即曲；
樂民之樂德乃不孤。無疑不察民曰神君。壄色自來既有疑無。

惟忠惟孝禀天所賦；家學優長天資卓絶；
學詩學禮演聖之謨。文章尒雅履蹈清貞。

惟曰進德焉脩學焉，是在我尒；天之生我公焉，是上將是臤佐；
從兹永安矣長樂矣，葢有天虖？昔也有兹人虖？曰武侯曰子儀。

集漢隸二

曹全碑

泉石從所好；有酒且共樂；
文章如有神。無錢安足憂？

聖世重興武七德；泉遭急雨因潛出；
諸君同負史三長。風遇餘雲復勒歸。

少孫尚擬續遷史；周禮六官先治典；早齊文望張童子；遇石不拜爲之揖；
子雲奚憚反離騷。漢家大史首臣僚。還慕雄風周孝侯。擬酒以聖甚于賢。

且以文章存典禮；綜貫文章周六典；文章典重張平子；不慕金章仍拜石；
還因禮樂振風流。清高名望漢三君。居處清幽王右丞。少疏文字復臨流。

常爲山人疏禮節；還因野史訪遺文。

師商之間有位置；周秦以降無文章。

泉流分佈從無絶；枝葉扶疏不擬芟。

酒以高下别賢聖；山因遠近分親疏。

子孫好守儒門學；鄉里仍名廉吏家。

山野所樂世無禁；金石之辭臣有長。

爲愛涼風開北户；因芟殘葉出南山。

名士風流咸所慕；儒生門户本常清。

風雨和平因聖世；民人歡樂是清官。

辭章舊擬三都賦；鄉里仍名萬石家。

且與君平學周易；不同揚子反離騷。

白石清泉從所好；和風時雨與人同。

生遭聖主賢臣世；家在廉泉讓水間。

大賢憂樂同斯世；長吏廉平報聖時。

共治幽居先退谷；尚餘舊德是廉泉。

野史所收或遺事；國風既遠有騷人。

開泉分水山人事；翦葉芟枝童子功。

文字若無高下别；酒醪焉有聖賢分？

鄉居且復脩農政；興至時還角酒兵。

漢世金章牟重望；孔門曾閔擬清名。

白石清泉常共隱；美人名士有同心。

字學近參王大令；清名本擬蜀君平。

至老不離文字事；所居合在水雲鄉。

秦嘉夫婦賢名起；張敞風流樂事全。

美官不慕齊三服；高節還同漢二疏。

門墻咸拜文中子；官爵仍遷鄉大夫。

家居好水好山地；人在不夷不惠間。

官位早從三事後；文章尚在六朝前。

幽人之居足泉石；高年所樂長子孫。

曾南豐文章典重；王右丞居止清幽。

雨風好訪農家諺；泉石常存吏隱心。

子孫共守顯門學；父老長沾治郡縣恩。

山上白雲高士隱；庭前好雨故人同。

儒者承家先孝弟；學人報國在文章。

且幸雨風和聖世；常存桃李在臣門。

世承王氏三槐美；人有張家百忍風。

常居賢母三遷里；不慕高官萬石家。

方干以三拜爲節；君平有百錢養生。

吏隱既分無造訪；姓名尚在爲文章。

舊有雄文縣北闕；近存老屋在南山。

儒官本不親民事；令子賢孫同繼起；負米共嘉賢子孝；時與高人商出處；
老學奚爲讓少年？美人名士共長生。縣魚還述長官清。不從文士角辭章。

有錢無錢都不計；山野所好各有在；和乃不流有定節；人間大隱在朝市；
在山出山其奚殊？州郡之職安足爲？敏而好學無常師。身後文章報國家。

曹子建文常敏疾；居家不爲在家計；叔子風流人所服；爲慕機雲常並屋；
李商隱意本光明。處世常存出世心。陽城孝弟士咸歸。不貪金紫早辭官。

方州部家揚子之易；文德武功副是爵禄；白雲既開遠山齊出；
政事文學孔門所長。殊方絶域憚其威名。清風所至流水與遭。

或有或無歸之性分；屋後遠山門前流水；不夷不惠君子所處；
若離若合同于世人。農父賜酒童子貢魚。好山好水幽人之居。

德義既高不慕爵禄；文章之美故有師承。

義在斯爲奚讓賁育？理足而止不因程朱。

雲出人間合而爲雨；泉流石上清于在山。

枝葉既芟斯存本性；門户不出而收遠功。

理學程朱辭章元白；德性曾閔家世金張。

從葉流根是爲敦本；因雲興雨所以濟時。

君子脩德無不獲報；儒者明理奚爲費辭？

面山臨流幽人所止；興廉舉孝令德之光。

君子處事有忍乃濟；儒者屬辭既和且平。

三世長者是有令望；百歲老人還如童年。

臣門桃李遺有清景；名山金石勒其雄文。

和仍不同君子之德；定而后安大學所先。

民和年豐咸拜神賜；家給人足共樂時清。

諸子百家不分門户；名山大河各效文章。

德義無官位而足重；文章勒金石以不刊。

殘石臨丞相臣斯字；不出門庭全收野景；官職文章各居其極；
名山續司馬子長文。相從里巷大有高人。門墻桃李無美不收。

白也風流與神人等；所居臨流親近泉石；同人于門以輔其德；
退之文字爲學者宗。有人載酒商定文章。君子有穀乃興爾家。

石不合拜止相揖爾；既濟乃定是有易理；治國若魚不擾爲福；
臣盞于酒時復中之。大極不動斯爲神功。養民如馬有害斯除。

萬里長城聖意有屬；
百穀膏雨民望所歸。

退之工文辭，學者從而師事；
司馬相中國，遠人服其威名。

泉明歸與歸與，置老屋六七間在山水之鄉，白首相安，金章奚慕？
居易樂哉樂哉，共及門二三子志秦漢而上，干時不足，養性有餘。

集漢碑二

魯峻碑

清游止風月；　春歸雩不落；　高文在樂石；
生計在琴書。　風静月長明。　大道有傳薪。

春雩秋月自娱樂；　偄者家風當静穆；　史學無如小顔博；　究竟孔顔何所樂？
三山五岳長游行。　學人體氣自龢平。　書家衹守二王傳。　大凡清仕不如龢。

高人不在百官表；　能令一家長静穆；　自昔詩人有何遜；　令德能如太丘長；
遠游當始三神山。　不惟四月是清龢。　還傳雅度比王恭。　清游何獨永龢年。

家除圖史無長物；
天自風月娛高人。

除琴書乃無長物；
有雩石而佐清游。

偄門盛比文中子；
神計傳之黃石公。

何人不謁圖書府；
所在當稱通德門。

學無弗究詩懷暢；
書不徒臨隸體高。

史氏三長惟在學；
文家七發竟如神。

所居直是穌神國；
自昔惟傳獨樂園。

門外有人時載月；
園中無事自彈琴。

縱懷雩事當春去；
暢足清游載月歸。

德行自當顏子比；
風神還若九齡無。

惟爲孤石作雅拜；
自載明月當清游。

書體遷流通漢隸；
詩懷清暢發吴歌。

報國之文在公等；
傳書而去有門生。

若令居家長肅穆；
自然生子作公卿。

偄者不惟通一孔；
史家所有是三長。

自昔何休爲學海；
還如司馬在文園。

羣傳長吏廉平德；
敬作中穌樂職詩。

偄生任職彈琴治；
廉吏遷官載石行。

爲報春風能一石；
當延明月作三人。

縱覽書家師内史；
盛傳琴德比中郎。

休道春雩無足覽；能如秋士〔一〕自然清。

自構小園稱獨樂；時當令節作清游。

臣有圖書足娛樂；人當花月自遷延。

游人縱道五陵樂；高士自守孤山居。

能以詩書通政事；自然道學始風流。

雅事長留在詩史；清門所拜止雩神。

官高中外威儀盛；家在東南門第清。

雩事循行惟小輩；石公雅拜有高冠。

大雅不羣自宏遠；盛時所樂是清平。

自有圖書生計足；長留風月舉家清。

東山高視小魯竟；南國流風懷召公。

自昔便門長靜穆；一時詩史廣流傳。

盛事當令詩史紀；高人能佐石公游。

有時灌園自便服；未始彈琴游王門。

若徒博物便還小；未始陵人學自高。

百家九流視之掌；一月三秋懷其人。

〔一〕士，疑當作「水」。

高官五馬何足道？陳書百城以自娛。

無大無小歸於敬；有爲有守視其人。

以詩作史乃無穢；稱石爲公自不孤。

自疏干謁臣門靜；若去琴書家計無。

廉靜自守則長足；道德是樂乃無憂。

不居官職徵高節；惟樂圖書表雅懷。

高人自紀園居樂；文士還傳山石詩。

門内琴書長雅契；山中冠服自清高。

自作歌詩無節奏；强循禮度太生疏。

去除琴石當無物；勃發歌詩若有神。

直以文學當政事；能爲循吏惟純偄。

五體惟爲拜石絀；三公未若灌園高。

不通干謁門長閉；惟守琴書案自清。

長物不留惟載石；清官有效是高門。

百事清平爲有令德；一家龢樂是以大年。

如樂之龢乃稱盛德；無書不覽是爲通儒。

家無長物琴書自樂；天生高人風雅之宗。

石氣縱清雩姿自潤；
詩懷始暢琴德以穌。

陳太丘如是其道廣；
顏魯公何止以詩傳！

春九十而園中長在；
月三五於海外生明。

董子大傒史游小學；
高堂治禮夏侯傳書。

有物有則山父之德；
學詩學禮孔門所傳。

帝嘉其才士歸其學；
民樂者德吏服者威。

有雩有月園中樂事；
無春無夏城外清游。

落月有懷孤石獨拜；
春風所在百雩自生。

帝曰干城士稱師表；
民樂父母吏敬神明。

歸之於中師商自化；
遜而不校平勃以穌。

詩若長城四竟獨守；
學如大海百流兼歸。

南董史才東馬文學；
魏國七子漢時三君。

度比江河細流兼内；
氣如春夏羣物發生。

長卿高文天子是覽；
中郎獨斷學者所宗。

家有小園足以獨樂；
年當大董自然長生〔一〕。

〔一〕生，原作「主」，據蔡啓盛《校勘記》改。

報國宏文濟時高議；
居家緐樂作吏廉平。

呂氏博議自然通暢；
中郎獨斷大有發明。

長卿詩城自足以守；
何休學海士無不歸。

强者明者乃能是道；
忠矣清矣當視其仁。

作百一詩以自娛樂；
臨十三行大有風神。

門外清游三五明月；
園中雩事廿四春風。

明月清風足以樂矣；
德行政事文學兼而有之。

廣平所守如石不化；
孝肅一樂若河之清。

學比董生乃爲偄者；
政如子産是曰惠人。

顏子服膺爲學之道；
石氏恭敬當時所稱。

明月清風人無不有；
彈琴作詩自足以娛。

仁義自治有爲有守；
琴書足樂乃息乃游。

緐而不流廣平如石；
游乃是學董子之園。

若在孔門當視顏子；
比之漢儒其惟董生。

南山等高東海比廣；
春風流惠秋月表清。

縱覽樂史太平所紀；公綽之廉以石表挈；山高流長足以游覽；
如在大令永龢之年。子産曰惠不春而温。春温秋肅歸之中龢。

能守琴書是爲有子；天爲之徒而物何有？學通九流書兼三體；
自樂道德不憂無徒。人能不孤惟德則然。門無干謁案有琴詩。

集漢隸四

樊敏碑

不離世而立；無遺行于鄉里；
乃與天爲徒。有令德在子孫。

故人痛飲長松下；所學不爲外人道；故舊清譚招一再；常以經義授鄉里；
同志清譚密室中。其居乃號君子鄉。門庭春色又重三。不將文字角辭華。

古書舊校漢天禄；
盛事今參晉永和。

秋天炳然月長滿；
春風起兮華怒生。

不辭華下一再飲；
爲喜春光九十長。

立節能輕古韓魏；
當仁不後今微萁。

令德宜爲漢三老；
雄風不慕齊一匡。

漢世所重在經義；
晉人常好爲清譚。

欲招故人與同飲；
乃鉏明月而種華。

痛飲春風能一石；
戲招明月作三人。

奉華作神有春色；
爲石立史無穢辭。

屬當中外清和世；
請作君臣喜起歌。

所喜清譚有周黨；
好將大節並嚴光。

舊有辭華分八米；
今留光曜在三台。

種松有就期百歲；
立石不銘刊六經。

不以榮華曜鄉里；
常將道德養祥和。

直道而行能正俗；
學人所重在窮經。

春華不若秋華好；
今月常同古月明。

古人所重在大節；
君子於學無常師。

居常無喜怒之色；
立志以聖仁爲歸。

能以經術治吏事；
宜將秋實作春華。

能以經義正民俗；
不辭冠冕爲君恩。

舊事微參柱下史；
雄譚大發枕中書。

此中宜作文字飲；
有人能爲華月歌。

體道辭榮漢三老；
執經請事魯諸生。

松下風爲魯和聖；
囊中書有晉陽秋。

諸史以遷爲之祖；
六書有鉉而後明。

行見鄉閭三物備；
不徒文字一朝長。

盛世喜當漢文景；
老人復見魯靈光。

喜見故人宜痛飲；
戲爲明月發清歌。

古以青史氏爲重；
君乃金華殿中人。

能以清譚學東晉；
非徒風景近西泠。

能於遺經見大義；
宜爲潛德發光華。

十載濯冠欽儉節；
三軍斷布佐雄譚。

飲人戲招畢吏部；
秋色清同韓魏公。

明月不能無秋思；
故人所在有春風。

請歌王在靈臺作；
非復巴人下里辭。

風度清華晉人物；
文辭嚴重漢都京。

吏治當師宓子賤；
清譚宜招劉景昇。

十載辭榮長枕石；
一朝慕義起彈冠。

書體渾雄或參米；
史臣紀載欲師遷。

石建門風在忠孝；
王褒文體總清華。

欲與故人同倡和；　囊中舊有歸潛志；　士喜然明重東里；　辭華舊有三都作；
不從後起角辭華。　松下常譚種樹書。　經將老子續南華。　道體今從一貫參。

長松卓立古之直；　秋陽光曜近有若；　勒石銘金百世物；
好風微起聖而清。　長松風起作之而。　清風明月六朝人。

所喜好不離文字外；　一書再書華外無史；　門有古松庭無亂石；
有行義足爲鄉里師。　十里五里松下有人。　秋宜明月春則和風。

天之生民有物有則；　吏號神君民歌衆母；　集義所生無助之長；
學無常師乃一乃精。　國有楨幹士賴楷模。　好學而敏乃窮其微。

學無常師卓然有立；　和而不同周而不黨；　行于鄉里爲古長者；
古之君子和而不同。　今人與居古人與稽。　附以韓魏若舊有之。

華下今月松下古月；
春宜和風秋宜清風。

同人于門冠冕所集；
君子表微文字之祥。

三世長者宜備百祿；
十部從事不若一書。

仁義足榮輕漢三傑；
道德爲重恥齊一匡。

秋寔春華學人所種；
禮門義路君子之居。

仁者爲人學者爲己；
義在所重物在所輕。

十年種樹君子有後；
一朝復禮天下歸仁。

清風和風咸助長養；
春色秋色並有光華。

皇路方清俊士並起；
聖經咸在大義以明。

仁義是重乃輕晉楚；
道德無損能益松僑。

九經三史軌物咸備；
五光十色文字之華。

常將令德表此風俗；
不以外物擾其天和。

室除書史從無外物；
臣於金石寔有微長。

養之若苗不助而長；
書此于石以喜其遭。

禮以履之義路是蹈；
仁者人也天君乃和。

履蹈中和身爲律度；
安行仁義福垂子孫。

請以種樹十年爲則；
不徒文士一朝之長。

以歲之和史書大有；
其人能養天授長生。

漢太史公恩禮爲盛；
魯靈光殿中外咸欽。

周有八士伯達居長；
漢之三傑留侯爲賢。

文以載道史以載事；
義者爲己仁者爲人。

請刊石經而備三體；
乃爲楚辭以續九歌。

不遇九方遂無神物；
周歷五岳非復常人。

九曰五福天之所與；
一月三遷士以爲榮。

集稷下士作柱下史；
無囊中物有枕中書。

居以志養仕以祿養；
德爲人師學爲經師。

爲學則益爲道則損；
與今人居與古人稽。

有物有則乃天所與；
或清或和以聖爲歸。

史氏所長三者咸備；
大學之道一是爲歸。

八士生周三傑佐漢；
六經在魯一匡霸齊。

節制三軍行其秋令；天有文昌乃見光耀；清風清聖和風和聖；
招集百物入此春臺。國之重臣是爲幹楨。今月今人古月古人。

同軌同文遭際盛世；從漢楊雄而學奇字；國僑有辭與之方鼎；
有物有則模楷古人。招晉畢卓以爲飲人。晏子節儉見於濯冠。

風月滿庭春色無賴；魯靈光殿下倡景福；體驗入微不物於物；
窮達一節秋士有思。楚巴人辭上和陽春。造就者大化工無工。

見義則爲鉏其德色；德威並樹吏治乃建；和氣生祥所養者大；
當仁不辟養此心苗。文行咸重士風大和。渾元無外與物爲春。

清節爲秋是有潛德；道德一經首重在儉；六一居士喜集金石；
和神當春故能大年。損益諸義無大於謙。九十春光宜養祥和。

秋陽光曜近于有若；
清風微起古之伯夷。

集唐隸

紀太山銘

惟孝蒸蒸乂，爲道則日損；其稱名也小，九五福居首；
其仁浩浩天。有大而能謙。能順天者昌。七十載從心。

在山爲宰相；其書渾渾爾；
於易乃祖師。乃心休休焉。

聖人大寶曰位；樂其樂利其利；居在仁由在義；居何在仁是也；
天子萬歲無疆。道非道名非名。今與居古與稽。信以成君子哉！

仁者安知者利；　能文章有道德；
視其以觀其由。　是官府亦神僊。

前古後今有如是；　事在始終中畢舉；　高文典重張平子；
天高地厚無已時。　儒由天地人咸通。　舊迹存留王獻之。

山中人惟知自樂；　實始居山斯爲祖；　海上生明隨處見；
天下事不在多言。　或能植物莫非師。　山中積雨絶人來。

以石爲山焉用大？　大山小山若伯仲；　不煩擾斯稱道力；
不風而月也能涼。　新植舊植稱祖孫。　無起滅乃見禪心。

江上自來山萬疊；　大文自刻會昌集；　亦有小山起平地；
尊前惟有月三人。　小序如見永和人。　將隨明月至前川。

多福集於大度者；
成功率在小心人。

金石刻銘用皇象；
文章典雅有相如。

厚地高天樂其樂；
涼風明月僊乎僊。

如是我聞盡風月；
多與人同惟藝文。

衆山自是羣玉積；
明月豈非七寶成？

合道德文章而化；
如金玉錫石之儲。

社事惟行一獻禮；
山居亦有九錫文。

立旗而觀風順不；
舉网有得月隨之。

風化一編今樂府；
表章六藝古師儒。

立石自成小五嶽；
陳圖而觀大九州。

巖處先儲鎮山寶；
川行小制順風旗。

文士成章時涉戲；
山人行禮不爲苛。

小舉金尊對明月；
高張石刻聞古香。

已成靈運山居作；
不獻相如封禪書。

自有僊人非盡誕；
由來名士亦通禪。

天上亦聞有官府；天子萬歲萬萬歲；漢史公書大著作；
山中或已是神仙。聖德日新日日新。唐山人集小詞章。

順道尚煩風一至；順時自有金風至；多言自守金人誡；
歸山惟與月同行。構室惟求明月多。稽典時開玉海編。

四時允叶玉衡政；
百歲不聞金鼓聲。

觀五嶽而知衆山小；厥修乃來惟日不繼；文豈無神乃帝之命；
凡百川咸於大海歸。與人同樂其益無方。山亦有史是臣自修。

山居樂事三馬有慶；聖於伯子亦美其簡；德者本也利者末也；
文章大觀萬象咸新。人如獲也始謂之和。禮以行之信以成之。

著則能明明則能動；
正而后修修而后齊。

圖難於易爲大於小；
視有若無居實若虛。

無歲不孰萬寶之府；
得月而明羣玉其山。

今日云云莫大風月；
我心在在有小山川。

請觀玉衡以齊其政；
乃刻石鼓而紀兹文。

禮大斯簡樂大斯易；
父在爲子君在爲臣。

正修齊平是謂知本；
誠著明動乃能化邦。

山有錫貢惟獻植物；
天張玉戲以樂高人。

天錫六符地貢萬寶；
易張十翼書陳七觀。

風至山中無不和暢；
月生海上自極高明。

視山人居若神仙宅；
開文章府亦大將壇。

天生仙物三千歲孰；
地溥美利九十月成。

以蒼史凡將求古義；
用金人懿誠毖躬修。

臣於三德六行咸備；
書非先秦前漢不觀。

古有文章與我爲戲；
天將風月助人之歡。

秦刻巖石以視後代；
漢啓宅壁而求古文。

文以先秦前漢爲則；
居有三山五嶽之圖。

有物在尊是爲天禄；
刻文於石莫將人磨。

稽文考獻新編山史；
揚風擢雅大啓詞場。

順時而行歸於安宅；
修德有報福在後人。

禮樂有成乃稱明備；
功名不處自極崇高。

天孫錫靈精思乃啓；
文昌垂象休運斯開。

爲政不煩在明牧宰；
與人同樂是小唐虞。

天生是人以翼聖世；
帝立作相用纘戎功。

修武揆文允矣聖相；
報功崇德美哉昌時。

儒者有文斯稱風雅；
山人無事是謂神僊。

敘事以先秦前漢爲則；
考文本方言廣雅而來。

通人無方，不爲玉不爲石；
修士有則，亦如錫亦如金。

文物天開，已盡東南之美矣；
典章聖作，尚於庚子而陳之。

集經石峪《金剛經》字泰山經石峪所刻《金剛經》已不全，兹姑就所有者集之，所無之字則取之《金剛經》云。

金輪持世；　但用我法；　不處下流；　從小知大；
寶典應時。　何畏人言？　自然上達。　受重若輕。

即心是佛；　金經度世；　老樹若臥；　不解事漢；
知我其天。　白眼觀人。　微波如羅。　真讀書人。

著作空後世；　讀書能見道；　功名子弟事；　塵根耨即去；
禮樂法前王。　入世不求名。　天地聖賢心。　清福種方生。

照闇孤燈小；
乘流一筏輕。

未成燈下句；
來數園中華。

羅衣稱身著；
華擔在肩輕。

清時最有味；
白日長無爲。

有時而獨往；
無日不狂歌。

種成皆寶樹；
道合即金蘭。

高人天所命；
深義佛無言。

但願生平世；
何須著罪言。

能受諸福五；
是稱達尊三。

有子萬事足；
無佛一身尊。

不養生而壽；
處塵世亦仙。

福壽男則百；
德功言爲三。

多言即少味；
無欲斯有爲。

山深園作國；
樹老化爲人。

所行是我法；
其發即婆心。

讀書必提要；
處事在通經。

日長金尊小；
身老布衣高。

白眼觀塵世；
金經養道心。

受經有高足；
應事要平心。

老樹甚可怖；
空山疑有仙。

坐觀西山色；臥讀南華經。

衆香國中住；大羅天上人。

有華皆解語；無樹不生香。

此語深有味；我心淨不波。

書得燈邊味；人間華下香。

深思供佛句；微闇讀書燈。

佛仙亦凡種；福壽在名山。

爲善無不報；無欲而後剛。

樹上長生果；天邊及第華。

欲無爾我見；須有老莊書。

荷高能得露；蘭小已生香。

身心萬緣淨；意味一燈孤。

不凡即是佛；有果莫非因。

是非聽人世；禮樂付經生。

畏聞人世事；高臥故山中。

老樹立如塔；清流繞作城。

高以下爲體；輕乃重之根。

來從華嚴法界；有恒可以入聖；多言人莫輕信；那能皆如人意；
去觀天下名山。無欲然後得剛。得意事不妄爲。要不大異我心。

入樂國住樂土；欲於經義有得；
見異人讀異書。若云世事無求。

山中作相尊之至；書有未觀皆可讀；尊前時復中清聖；合眼如見諸仙佛；
坐閒供佛壽無量。事經已過不須提。燈下還能讀漢書。入園即是小山河。

槃中仙果最得味；不解俗緣千種事；世上聲名天付取；人世亦能隨俗住；
坐上脩蘭别有香。皆因身住萬山中。山中事業我平章。我行最喜入山深。

樂善不言因果事；解經切莫金根誑；從來大白何能辱？及時上壽一大白；
養心有取老莊書。養性還須白墮來。果是真金定有剛。隨處著華千碎金。

山中坐等小蘭若；凡眼何能別蘭種？能以仙心脩佛性；時歌白也微之句；
天下人尊大布衣。仙心方得受荷香。即教肉食亦清流。亦讀莊生老子書。

脩仙即是成佛法；養性尊前須白墮；欲解昔賢何所樂；萬事隨緣皆有味；
入城不異在山時。戒言坐右有金人。但觀今我此時心。一生知我不多人。

老樹分行如立界；心上有天即見佛；清波亦可辱以足；我法去來皆不著；
深山圍住即成城。山中無廟亦來仙。小樹已能高及肩。人間聚散莫非緣。

昔往今來有如此；老樹成行不見日；人奉高名非所取；不解養生偏得壽；
天清地曠無已時。清流小觸即生波。天生清福不須脩。頗思離世乃成名。

功已告成還處女；道大隨人各有得；心至虛時能受益；但求之我有實在；
身能長壽又多男。心平於世一無求。目當闇處乃生明。不得於心無妄言。

少日讀書得上第；長句未成三益至；老去初無阿世意；經在漢初無釋解；
老來高卧稱達尊。清尊欲盡五經來。出來還是在山心。字從斯後有真行。

千金白日虚言值；
一老空山坐讀書。

大名在千佛經上見；人能讀書即爲有福；人誦高名如在天上；
此身於衆香國中來。我欲去謗莫如無言。身無塵事不入城中。

山中清節嚴於金布；善合衆長取狐之白；與其輕人不如重我；
天下散漢尊在白衣。大有所利於肉得金。但求無過非必有功。

獨往獨來義之與比；一念不起彼我悉化；有子弟可教一樂也；
衆聞衆見德則不孤。空山無人仙佛皆來。舍逆億不用其賢乎？

尊中有味不爲賢即爲聖；
燈下無事非讀老亦讀莊。

園乃甚小山亦不深，頗得真意；
食尚有肉衣則以布，自稱老人。

深山無日無時，去來今不記；
老樹有華有實，色香味皆清。

《俞樾全集》總目録